ADO BLUES...

Je suis jeune, tendez-moi la main.
Arthur Rimbaud

Pour Cécile

Conception graphique et réalisation : Rampazzo & Associés.
ISBN : 2-7324-2235-5
Dépôt légal : janvier 1997.
Imprimé en Espagne par Fournier Artes Graficas.

ADO BLUES...

MICHEL PIQUEMAL
ILLUSTRÉ PAR OLIVIER TOSSAN

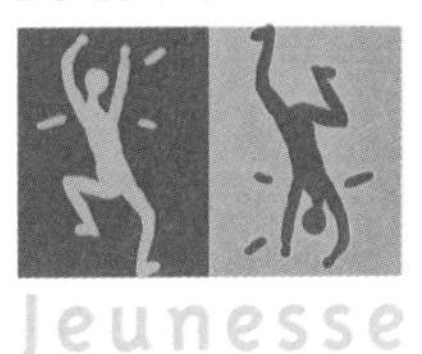

SOMMAIRE

BYE-BYE, L'ENFANCE

COUPS DE BLUES ET MALAISES

HALTE AU BLUES !

PARENTS ET PROFS, PARLONS-EN !

TROP, C'EST TROP !

INTRODUCTION

LES ANNÉES COLLÈGE SONT DES ANNÉES FORMIDABLES, RICHES EN DÉCOUVERTES ET EN ÉMOTIONS GRAND ÉCRAN.

Ce sont les années fous rires et les premières expériences en roue libre bien loin de papa-maman.

Mais elles sont aussi l'âge de la grande mutation qui voit l'enfant d'hier se changer en jeune homme ou en jeune fille. Un tel bouleversement physiologique entraîne son cortège de soucis, de malaises, d'angoisses et de stress. Voici venu le temps du blues de l'ado !

C'est un peu comme si vous étiez au sommet d'un plongeoir et que vous n'ayez plus vraiment envie de sauter. Doutes, incertitudes et peur de ne pas être à la hauteur vous assaillent. La déprime fait des apparitions dévastatrices ou campe carrément devant votre porte. Vous découvrez en vous et autour de vous tant de choses nouvelles que vous avez l'impression de ne plus rien comprendre à rien. Comme un boxeur qui en a assez de recevoir des gnons, vous avez même parfois envie de jeter l'éponge…

Ce livre est là pour vous aider à redresser la tête, soigner votre jeu de jambes et boxer l'Ado Blues…

BYE-BYE, L'E

UN NOUVEAU CORPS, UN NOUVEAU MOI

DES PÉPINS EN PERSPECTIVE

MAIS PAS DE PANIQUE

TOUT COMMENCE AU COLLÈGE

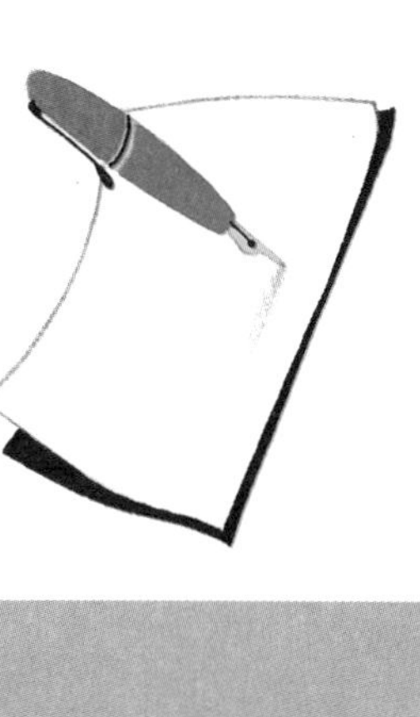

E LA SEXUALITÉ DANS L'AIR

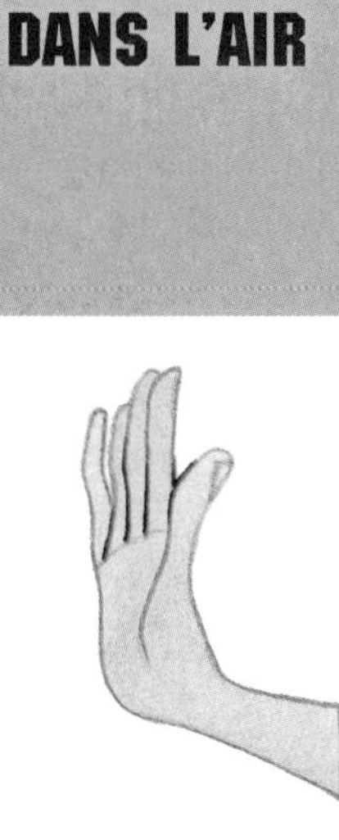

VOICI VENU LE TEMPS DES PASSIONS

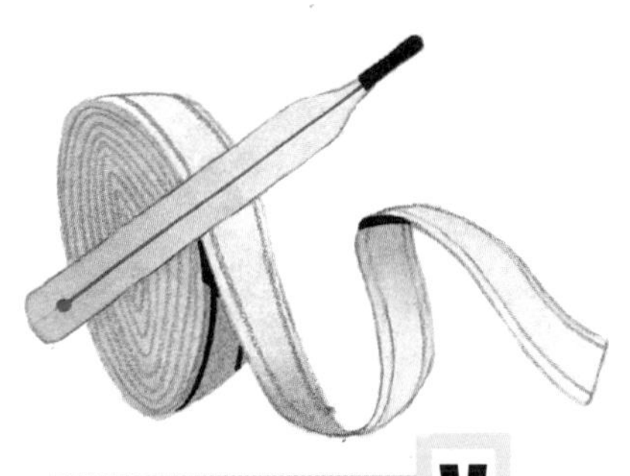

DRÔLE DE MALADIE !

Vous avez entre dix et quatorze ans, vous êtes une fille ou un garçon, vous avez une vie différente, avec des parents différents, dans des villes différentes... Et pourtant, vous ressentez tous les mêmes symptômes d'une drôle de maladie : l'adolescence. Cela vous a pris il y a peu, et depuis, ça ne vous lâche plus. Ça fait plus ou moins mal, ça perturbe plus ou moins... mais vous ne pouvez y échapper, parce que c'est une réalité biologique.

Mais d'abord, est-ce bien une maladie? On pourrait le croire en écoutant parler les adultes (« Ça ira mieux, ça te passera! »), ou en les voyant agir avec vous comme si vous étiez de grands malades, « Mon pauvre chou, ne t'inquiète pas pour tes boutons; je t'achèterai de la crème à la pharmacie. »

Mais justement, l'adolescence n'est pas une maladie; c'est une étape de la vie, durant laquelle le corps et l'esprit se transforment pour devenir petit à petit ceux d'un adulte. C'est donc un moment de transition, et, comme toujours dans ce cas, ce n'est pas facile à vivre. Durant ce passage de l'état d'enfance à l'âge adulte, on traverse une zone de turbulences. Comme dans les avions, vous êtes priés d'attacher vos ceintures... Gare aux secousses!

EN ROUTE POUR LE BAHUT !

C'est vers dix-onze ans que tout commence, lorsque vous faites brusquement le saut, passant du CM2 à la sixième...

Revoyons le début du film. Vous étiez peinard et tranquille dans une petite école primaire, avec le même instituteur tout au long de l'année. Peut-être même étiez-vous à la communale dans un petit village, avec juste la rue à traverser pour rentrer à la maison, et des copains qui vous suivaient depuis la maternelle. Et vous voilà soudain propulsé dans une grosse boîte anonyme : le collège, ou si vous préférez, le bahut.

Fini l'instit unique, voici une bonne dizaine de visages et de noms à se rappeler, voici des salles de classe qui changent. « Où on va, cet après-midi? En 242? Non, en 327, dans le bâtiment B au quatrième étage... » « Pour l'histoire-géo avec Duchmoll ? Non, cette semaine, c'est semaine paire, on a sciences nat avec Schmollduch!... » Vous qui aviez pris le classeur d'histoire-géo, c'est raté! Voilà le genre de turbulences que vous vivez tous les jours depuis que vous êtes entré en sixième.

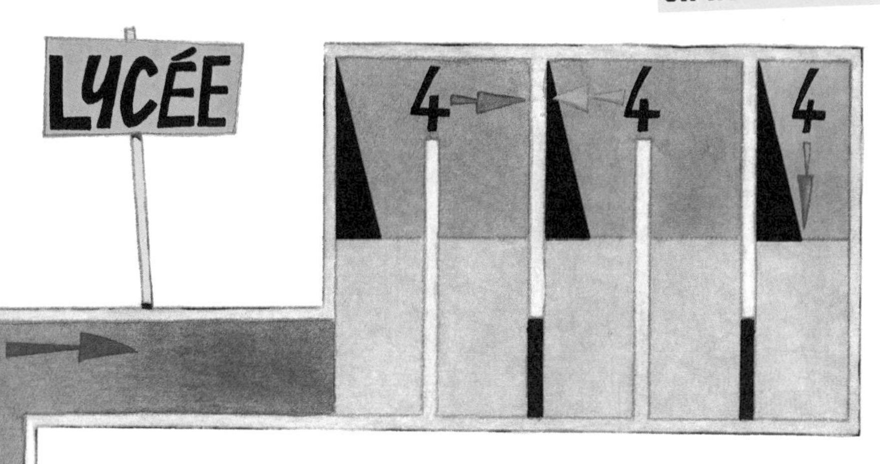

Vous voilà aussi avec plus d'autonomie (certains ne rentrent même pas à midi!), ce qui a des avantages mais aussi des inconvénients. Il faut se prendre en charge. Et avouez que vous n'en aviez pas vraiment l'habitude. Bref! vous êtes sorti d'un cocon pour un nouvel univers, qui n'est pas de tout repos. Le monde alentour, vous le sentez, se fait plus menaçant. Il y a des petits qui se font méchamment bousculer. On entend parler de racket et de drogue. Vous découvrez des réalités que vous ignoriez et dont vous vous seriez bien passé.

NOUVEAU CORPS, NOUVEAU MOI

Mais ces petits bouleversements-là, on finit par s'y habituer. Ce n'est en fait qu'un avant-goût des turbulences. Il y a des choses qui secouent bien plus fort et de manière plus insidieuse, car elles se passent au-dedans de vous. Ce corps que vous connaissiez si bien, avec qui vous aviez déjà fait un bon bout de chemin relativement tranquille...

Souvenez-vous des parties de foot avec les petits cousins, des cavalcades sur les épaules de tonton Freddo, des premières brasses à la piscine... Ce corps si bien adapté aux bras de papa et maman, juste à la bonne taille pour les câlins... voilà qu'il se métamorphose, au point que certains ne reconnaissent plus leurs mains d'enfant dans leurs nouvelles et grosses paluches de collégien, au point que vous éclatez dans vos jeans et qu'il vous faut changer de chaussures tous les trois mois. Au point que vous avez parfois l'impression de traîner une lourde carcasse qui n'est pas à vous...

Ce nouveau moi tout neuf étonne et déroute. Il y a de quoi être perturbé. Comment se lover dans les bras de maman quand on est devenu plus grand qu'elle, ou presque? Comment s'asseoir encore sur les genoux de papa quand on a une poitrine de femme? Sans parler des premières règles, de la voix des garçons qui se met à changer ou des premières véritables érections. Il y a bien de quoi se poser une multitude de questions.

LES ANGES DU SEXE

Voilà que la sexualité apparaît avec son vrai visage, qu'elle prend de l'importance dans les conversations et dans les têtes, qu'elle envahit toutes les relations, modifiant les fragiles équilibres qui s'étaient instaurés. Car, avouez-le, vous étiez plus peinard de ce côté-là à l'école primaire, profitant pleinement de votre statut d'enfant. Les garçons, vous étiez même de vrais mômes : des « kids » purs et durs avec vos parties de foot endiablées, vos Game Boys et vos héros télé. Vous aviez trouvé votre place et vous étiez en paix avec vous-mêmes et l'univers familial. Pour les filles, toujours un peu en avance, le CM avait sonné l'heure des bouleversements. Certaines étaient déjà réglées, avaient pris de vraies formes féminines et les regards des grands dans la rue ne trompaient pas sur le désir éveillé. La sexualité avait fait son apparition en sourdine.

SERONS-NOUS CAPABLES ?

Mais voilà qu'au collège la sexualité devient l'affaire de tous. Il faut plaire. Certains flirtent. Sabrina a embrassé Ludovic. Pierre a piqué à son père une revue porno qu'il trimballe toute la journée dans son cartable. Les histoires drôles se font salaces. Et tous de se demander : serons-nous capables? La sexualité devient un « challenge », renforcé encore par le prestige médiatique qu'a acquis le sexe depuis une quinzaine d'années. « Serai-je capable de séduire une fille, de l'embrasser, de lui caresser les seins et, plus tard, de coucher avec elle, de me marier, de faire des enfants? Tout cela ressemble fort à une mission pour Indiana Jones, et j'ai pas l'âme d'un super-héros. Ce n'est pas non plus le genre de trucs qu'on apprend à l'école. »

Pour s'y retrouver, on a les modèles de couples de papa-maman, tonton-tata (reconnaissons que ce n'est pas toujours une réussite!), les feuilletons du soir et les films américains qu'on va voir le mercredi avec les copains. Mais est-ce bien là des modèles à l'échelle du réel? « Adulte, serai-je vraiment comme Tom Cruise dans *Top Gun* ou comme Sharon Stone dans *Basic Instinct*? Si c'est réellement ça que nous réserve la vie, va falloir que je me mette sans tarder au body-building! » Il faut bien le reconnaître : le cinéma n'est pas le bon endroit pour se trouver des modèles à l'échelle humaine. « O.K. pour devenir Batman, mais à condition qu'on me dise d'abord comment je fais pour voler dans le ciel en remuant les oreilles. »

DES PÉPINS EN PERSPECTIVE

Il n'y a pas d'adolescence sans questions. Mais parfois, ces questions se font trop nombreuses, trop lancinantes... Vous vous sentez paniqué par toutes ces nouvelles responsabilités qui pèsent sur vous. À peine les adultes vous disent-ils qu'il va falloir entrer dans le monde du travail qu'ils vous parlent déjà de chômage et de crise, brandissant le chiffre effrayant des sans-emploi comme s'ils voulaient vous décourager avant de démarrer. Vous commencez à peine à tomber amoureux, à envisager l'idée que vous ferez peut-être un jour l'amour tout nu avec celle que vous aimez, qu'on vous engage déjà à songer au sida et à l'indispensable préservatif. Un truc en caoutchouc autour du sexe! Dans le genre conseils pratiques... Pourquoi ne pas porter une tenue de scaphandrier pour jouer au football?

Certes, il est légitime de vous prévenir de tous les dangers qui vous guettent au coin de la rue. Mais pourquoi les médias disent-ils toujours qu'il y a eu six morts dans un accident de train et jamais que trois millions de personnes ont pris le train ce jour-là sans histoires ? Pourquoi toujours dire qu'un enfant s'est noyé et jamais que des milliers d'autres ont passé un super après-midi à jouer au water-polo et à barboter comme des canards ? Ce genre de mise en garde n'est pas là pour simplifier la vie. C'est un peu comme si, avant de prendre un avion, on vous récapitulait les différents crashs de l'année avec la liste des victimes à la clé... Sans doute préfériez-vous aller au Kenya à pied !

Voilà autant de bonnes raisons de se décourager, de se dire qu'on ne sera pas à la hauteur. Vous vous trouvez nul, hors course et même fatigué, comme si vous aviez déjà vécu très longtemps, trop longtemps... Vous voudriez mettre la tête sous les draps, être ailleurs, changer de film, zapper. Et, de plus, comme aucun de vos camarades n'ose avouer les mêmes sentiments, comme personne autour de vous n'en parle, vous vous croyez seul à ressentir tout ces doutes et ces bouleversements. Seul au monde !

PAS DE PANIQUE

Si j'ai fait le constat des Niagara de soucis qui vous tombent brusquement sur la tête, ce n'est pas pour vous enfoncer. Non, vous n'êtes pas malade! Non, vous n'êtes pas seul au monde à ressentir ça. Vos copains aussi le ressentent. Même le grand Frédéric qui joue toujours au superman... C'est peut-être justement parce qu'il a la trouille qu'il fait le matamore. Même vos parents et vos profs l'ont ressenti. Parlez-en avec eux et vous verrez leurs souvenirs renaître. Demandez à votre père comment il s'y est pris pour embrasser une fille la première fois, ou à votre prof de maths s'il a souffert de ses lunettes de myope quand il était en sixième. Les parents ne parlent pas assez de ce qu'ont été leurs problèmes d'enfance. S'ils osaient vous avouer les difficultés qu'ils ont rencontrées, les doutes et les angoisses qu'ils ont ressentis (et traversés), sans doute vous sentiriez-vous moins seul.

VOUS N'ÊTES PAS LES SEULS

L'adolescence et ses problèmes ont toujours existé. J'oserai dire de tout temps et de toute éternité. La différence, c'est qu'à d'autres époques (notamment dans les sociétés traditionnelles), il y avait des « rites de passage ». Après les avoir franchis, on accédait immédiatement et sans problème au statut d'adulte. Chez les Indiens Lakotas, par exemple, les jeunes braves devenaient adultes dès qu'ils avaient participé à une expédition guerrière.

De nos jours encore, dans les villages de Casamance, au Sénégal, les enfants deviennent des hommes après être passés par le rituel de la circoncision. Les adolescents se rendent plusieurs jours dans un bois sacré en compagnie des anciens, et lorsqu'ils en reviennent, tout le village les considère définitivement comme des hommes. Le passage ne se fait donc pas de manière individuelle mais collective.

En France, au siècle dernier, les enfants d'ouvriers ou de paysans entraient dès l'âge de onze-douze ans dans le monde du travail, ce qui faisait d'eux des adultes à part entière. Aujourd'hui, l'allongement sans précédent des études a augmenté du même coup la durée de l'adolescence… Vous voilà pour quelques années entre deux eaux, ni enfant ni adulte, un peu sur la corde raide, en équilibre entre deux mondes.

LE PETIT VÉLO À ROULETTES

Doit-on regretter le bon vieux temps de ces rites de passage? Je l'ignore. Ce qui est sûr, c'est que leur disparition a créé un flou, une incertitude qui ne simplifie pas les choses. Ces rites offraient l'avantage d'apporter une reconnaissance extérieure, tandis qu'aujourd'hui l'adolescent a, semble-t-il, à faire ses preuves en permanence.
Cela peut expliquer pourquoi certains sont tentés par la cigarette et par les drogues douces qui paraissent leur donner (faussement!), au regard des copains, un statut de grands, d'affranchis, que l'absence de rites ne leur donne plus.

Notre monde moderne a donc inventé un nouvel âge : l'âge de l'adolescence. Si c'est une période de turbulences, c'est aussi, n'en doutons pas, une période formidable. Jamais les découvertes et les expériences que l'on fait, les passions et les enthousiasmes que l'on se découvre, n'auront autant de poids ni de force. Tout y est vécu à la puissance 10. Premiers baisers, premiers flirts, premiers voyages à

l'étranger ou première heure de colle... Tout est neuf, tout est nouveau, tout est riche de sens et de vie. Croquez à pleines dents. Vous n'avez pas encore de travail, pas encore de famille. Tant mieux! Ça vous laisse libre pour mille possibles. Vous voilà un peu comme la fillette à vélo qui enlève pour la première fois les petites roulettes, et qui se retrouve propulsée avec panique sur une nouvelle route, loin de papa-maman. Tant mieux! Car si ça « flanque les chocottes », ça donne aussi de délicieux frissons et ça procure des émotions intenses.

Cette fameuse adolescence (dont on souhaite parfois avec amertume sortir au plus vite) est un moment irremplaçable de la construction de notre personnalité. Elle peut se révéler l'une des plus belles périodes de la vie, si on ose la prendre à bras-le-corps, si on ose la vivre passionnément plutôt que d'attendre frileusement que ça passe. Osez, et l'adulte que vous mettrez sur orbite sera, j'en suis persuadé, quelqu'un de bien!

COUPS DE BLUES

LA GRANDE AFFAIRE DU SEXE

SUIS-JE NORMAL ?

SUIS-JE BEAU, SUIS-JE LAID ?

ET MALAISES

DES BOULEVERSEMENTS QUI DÉCOIFFENT

BONJOUR L'ANGOISSE !

MAIS À QUI DONC SE CONFIER ?

LA MÉTAMORPHOSE DU DOCTEUR JEKYLL

Vous êtes en train de vivre intérieurement de profonds bouleversements, et la première manifestation en est souvent un inexplicable sentiment de malaise. Vous avez conscience que vous êtes en train de mourir à l'enfance, mais vous vous demandez avec inquiétude à quoi vous êtes en train de naître. Vous vous sentez « mal dans votre peau ». Et l'expression est particulièrement adaptée, puisque c'est bien par votre peau (ah! le calvaire de l'acné!) et par votre corps que la mutation commence. Un corps dans lequel vous avez souvent du mal à vous reconnaître.

Quel est l'adolescent qui n'a pas regardé avec effarement ces drôles de poils qui ont soudain poussé, bas-ventre poilu et duvet sur les lèvres? Quelle est l'adolescente qui n'a pas passé des heures à lorgner du coin de l'œil sa silhouette dans la glace, touché et soupesé avec un mélange de fierté et de gêne sa poitrine bourgeonnante? Qui ne s'est pas barricadé des matinées entières dans la salle de bains pour observer tous ces changements? Cette métamorphose vous passionne et vous inquiète à la fois. D'autant que les changements vont tous dans la même direction... Ils vous donnent clairement les attributs de la sexualité.

LA GRANDE AFFAIRE EST LÀ !

Chez les garçons, ce sont les poils qui poussent sous les aisselles, sur les jambes et autour du sexe, qui, de son côté, grossit.
Chez les filles, ce sont des poils sur le pubis, les règles, les premiers soutiens-gorge… et les fameux coups d'œil égrillards des mâles, qui vous disent en langage clair que vous n'êtes plus une petite fille.
Vous n'étiez pas vraiment préparé à ça ; et intérieurement, vous en avez honte. L'adolescence est le temps de la pudeur, même si on la dissimule parfois derrière un vocabulaire ordurier.
Par ailleurs, même si on entend beaucoup parler de libération sexuelle, le sexe demeure un tabou.

Et les parents, qui voudraient toujours voir en vous leur « petit trésor en sucre », sont aussi gênés que vous pour aborder ces situations en face. On a tous en tête l'image d'Épinal du brave papa embarrassé, essayant d'attaquer le problème en parlant de « petites graines »… Je gage que cette image-là n'est pas si éloignée de la réalité. Beaucoup de parents font semblant de croire que leurs enfants sont déjà affranchis « Avec ce qu'ils voient à la télé ! » afin de s'épargner des discussions qu'ils jugent pénibles. Or la scène la plus torride d'un film *hard* ne vous affranchira guère sur la question. C'est d'un réel dialogue que vous avez besoin !
Aux filles, certaines mamans ont parlé de l'arrivée des premières règles, et de ce que cela signifie sur le plan biologique : le statut de femme et la possibilité d'avoir des bébés.

CÔTÉ GARÇONS

Mais rares sont les papas qui ont parlé à leur grand fils des « pollutions nocturnes » : un nom d'ailleurs bien barbare pour désigner un phénomène pubertaire qui se produit le plus souvent vers l'âge de treize ans.

Vous vous réveillez un beau matin avec le sentiment d'avoir fait un rêve bien agréable, mais vous trouvez le drap mouillé d'un drôle de liquide un peu poisseux : le sperme. Pendant votre sommeil, vous avez eu une érection (en langage clair : vous avez bandé!) et votre sexe a éjaculé. Vous vous sentez un peu honteux (Tenez, un peu comme si vous aviez pissé au lit...), et vous n'avez pas vraiment envie que votre maman s'en aperçoive. Or, manque de bol, c'est elle qui fait les lits!

Vous êtes dans vos petits souliers, alors que vous devriez sauter de joie au plafond. Comme les filles avec leurs règles, vous voilà, vous aussi, devenu fertile; vous avez atteint la maturité physiologique qui permet d'avoir des enfants.

PARLEZ-EN

Inutile d'essayer de le cacher à vos parents (ça leur est arrivé aussi... à papa, à tonton et à votre grand frère!). Il est, au contraire, bon qu'ils sachent. Ça aura au moins le mérite de mettre les choses au clair et d'éviter que maman ne continue à vous regarder comme son petit bébé, alors que vous êtes passé de l'autre côté de la barrière.
Si vous le pouvez, parlez-en avec eux. Sinon, discutez-en avec les copains. C'est déjà arrivé à certains, qui le cachent peut-être comme une maladie honteuse. Après tout, les filles n'hésitent pas à parler de leurs règles, les appelant « ragnagnas » ou de tout autre nom secret tout aussi coloré. Pourquoi les garçons n'auraient-ils pas aussi le droit de parler de choses intimes? Leurs premières érections (au début, le plus souvent, aussi involontaires qu'anarchiques), leur première envie de se masturber (désir bien naturel : on vient de se rendre compte que caresser son propre sexe peut procurer du plaisir, qui n'aurait pas envie d'essayer?), toutes ces nouveautés méritent bien qu'on en parle entre mecs. Au moins pour se sécuriser et se rendre compte que c'est pareil pour les autres.

BONJOUR L'ANGOISSE !

En peu de temps, votre corps est devenu le théâtre de mutations importantes. Ce corps exprime des besoins, envoie des signaux, vous interpelle... L'ennui, c'est que les choses ne vont pas aussi vite sur le plan psychologique. Et l'idée vous vient parfois qu'un autre a pris votre place, sentiment étrange, sensation bizarre qui laisse un arrière-goût de vertige. Vous vous sentez comme étranger à vous-même...

Ce nouvel habitant de votre tête n'a pas grand-chose de commun avec l'enfant qui subsiste encore en vous. Il ne s'intéresse pas aux mêmes jeux. Finies les maquettes d'avion. Finies les collections de timbres qui gisent, abandonnées sur une étagère. Finies les envies de promenades avec papa-maman... Le nouveau « vous » qui est en train de naître se fiche royalement de tout cela, même s'il ne sait pas encore très bien ce qu'il veut. Il faut qu'il trouve sa place, qu'il parvienne à se situer face au groupe de ceux de son âge, qui ont remplacé la famille comme univers de référence. Ce n'est pas facile. Quand on ne sait plus très bien qui on est, comment savoir quelle image on renvoie aux autres, comment ceux-ci vous perçoivent?

MAIS QUI SUIS-JE ?

Afin de se rassurer, on a tendance à s'inventer en public un personnage, mais, manque de chance, l'apparence que l'on se donne finit par retentir sur la personnalité. On sait donc encore moins qui on est réellement. Un peu comme un acteur de cinéma qui, après avoir joué durant six mois le rôle de Louis XIV, a bien du mal à prendre le métro pour rentrer chez lui. Pour arranger les choses, l'univers du lycée ne fait pas vraiment de cadeau. La maladresse des uns et des autres, la trouille même parfois, les rendent souvent agressifs et sans pitié. Untel qui a peur qu'on se moque de son poids va compenser en tirant sur tout ce qui bouge. Telle autre qui ne supporte pas qu'on l'appelle « la grande sauterelle » va se venger en affublant la classe entière de surnoms bourrés de fiel. Moqueries, ricanements incendiaires, mises en quarantaine et crises de larmes sont le lot quotidien de la vie au bahut. L'ambiance n'est pas vraiment à l'harmonie, et, à l'âge où l'on ne se connaît que par le regard des autres, la moindre moquerie peut infliger de terribles blessures.

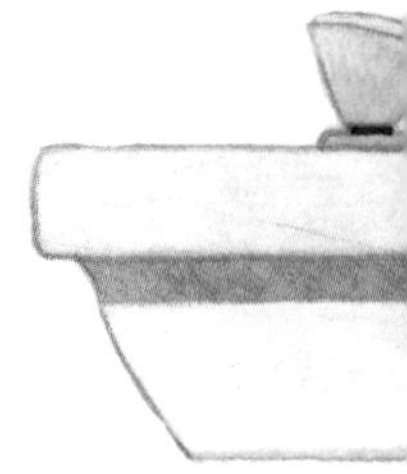

LE VILAIN PETIT CANARD

Alors, chacun se surveille avec inquiétude. Et ce fameux narcissisme, qui est le lot naturel de l'adolescence, fait qu'on se regarde sans cesse, qu'on s'inspecte sous toutes les coutures. N'aurait-on pas des yeux de grenouille, un nez trop long, des fesses en gouttes d'huile, des oreilles en chou-fleur, des dents de travers, des jambes velues, une culotte de cheval ? Trop maigre, trop grosse, pas beau, pas belle ? Comment les autres nous perçoivent-ils ? « Les filles ont-elles vu à la piscine que je suis poilu comme un singe ? », « Les garçons ont-ils remarqué pendant le cours de gym que je n'ai toujours pas un gramme de poitrine ? »

Or, comme notre croissance se fait par paliers, on passe nécessairement par des périodes où l'on a tout du vilain petit canard : boutons d'acné, cou de poulet, bras démesurés sur un torse grêle, etc. La nature ne vous aide pas vraiment, à un âge où le moindre petit rien risque de vous envoyer le moral au trente-sixième dessous.

LES PREMIERS PAS

Il faut donc apprendre à vous blinder, à passer outre aux moqueries. La meilleure arme est le naturel. C'est lui qui vous rendra joli(e) et séduisant(e). Mais « rester naturel » ne veut pas forcément dire s'habiller de sacs à patates et arborer des cheveux gras pendouillants. Il s'agit de trouver un style personnel, un style qui vous convienne vraiment. Pour cela, apprenez à mieux vous connaître physiquement. Faites un bilan objectif de vos points forts et de vos points faibles, et mettez en valeur ce que vous avez de mieux.

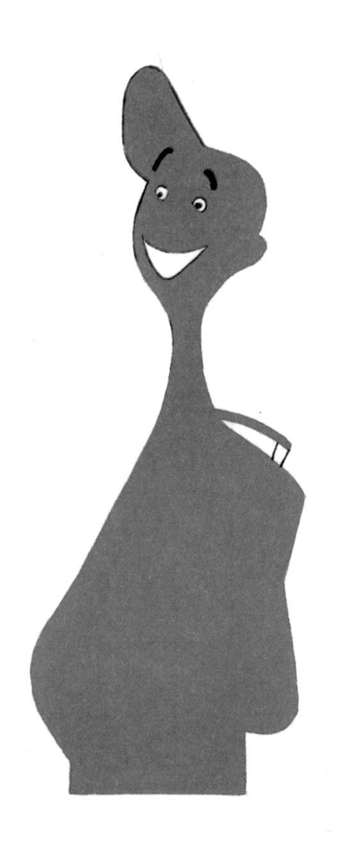

Pour les filles, évitez les modèles inaccessibles que vous transmettent certains magazines féminins dans le seul but de vous vendre un maximum de produits « miracles ». Il faut bien vous en persuader. Non, vous ne serez jamais comme Claudia Schiffer ou Kim Basinger, car il s'agit de professionnelles de la beauté qui s'entraînent tous les jours pour être belles, exactement comme des sportives de haut niveau. Mais vous pouvez être bien mieux que ces images de papier glacé : vous pouvez être vous-même.
Pour cela, il vous faudra du temps. Vous avez, vous aussi, vos premiers pas à faire, comme un bébé qui vient de naître. L'adolescence est une nouvelle naissance, une naissance au monde, à la société et à la sexualité. Il vous faut, petit à petit, vous approprier ce nouveau corps dont vous n'êtes encore que locataire.
Alors, ne soyez pas trop pressé, si vous vous sentez indécis et incertain. Vous êtes en route, en gestation d'un nouvel être. Ne paniquez pas si, certains jours, vous ne savez plus trop où vous en êtes ni qui vous êtes. Au contraire, c'est plutôt bon signe!

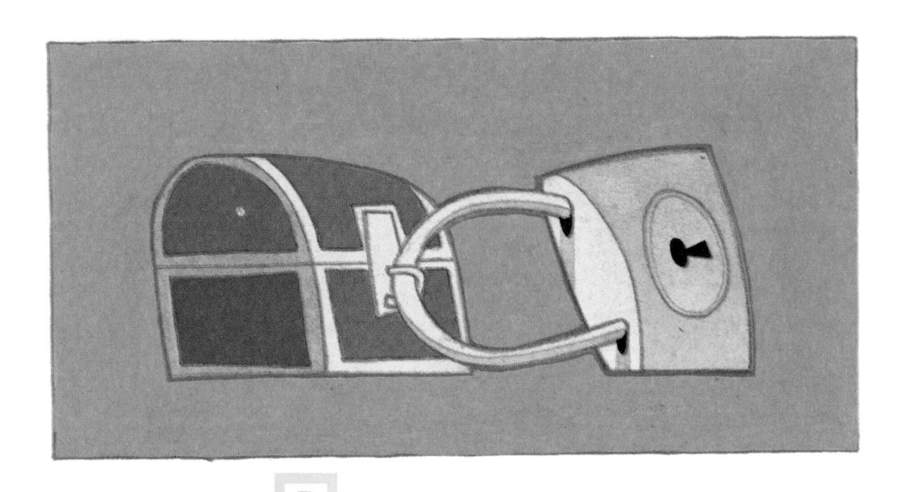

BOXER AVEC UN FANTÔME

On est bien dans sa tête, on vient de rire et de plaisanter avec les copains. On rentre chez soi, dans sa chambre. Et crac! Ça vous tombe dessus! On a le blues, le spleen, appelons-le comme on veut; une sensation bien étrange, indéfinissable. On voit soudain tout en noir sans raison apparente. On se met à douter de soi, des autres, des amis, des parents... de tout. On essaie de comprendre et on ne comprend pas. Pourtant, dans une heure ou deux, l'orage intérieur sera passé et tout sera complètement oublié. On vient tout simplement d'avoir un coup de blues. Ça peut prendre des allures de petite pluie d'automne ou de cyclone de printemps. Ce drôle d'ennemi est bien difficile à combattre, car il n'avance pas à découvert. Il se présente masqué, sans véritable visage, et en dedans de vous. Comment boxer contre un ennemi fantôme? et vicelard, en plus. Il profite souvent d'une petite contrariété pour vous tomber dessus, faisant tout remonter à la surface comme une lame de fond.

LAISSEZ-VOUS ALLER

L'adolescence est l'âge de l'excès. Si les sentiments, les émotions et les passions sont vécus à la puissance 10, les chagrins, les malaises et les dégoûts aussi. C'est tout bêtement physiologique. Votre tonus, c'est-à-dire l'état d'activité de vos centres nerveux, est encore fragile. Il est en rodage. Un rien peut le perturber, vous faire voir tout en rose ou tout en noir, passer brusquement du rire aux larmes, de l'exaltation qui voudrait vous voir conquérir le monde au coup de cafard qui vous ferait rentrer dans un trou de souris.

Viennent alors les questions pernicieuses. Est-ce qu'on ne serait pas malade par hasard, malade de la tête? Fou, psychopathe, dépressif, schizophrène, psychotique, névrotique, et j'en passe... tous ces mots savants entendus sans bien savoir ce qu'ils veulent dire. Stop! Stop! On arrête là le délire de la surenchère! Laissez plutôt venir les émotions. Pleurez un bon coup s'il le faut et profitez-en pour aller vous faire câliner. Ça ne fait pas de mal de temps à autre.

SUIS-JE NORMAL ?

On a peur d'être fou, mais on a aussi terriblement peur d'être différent, pas comme les autres. La normalité vous hante. Telle fille qui a eu ses règles en CM1 se demande si elle ne les a pas eues trop tôt. Telle autre, qui ne les a toujours pas à treize ans, se ronge les sangs et en fait tout un drame. Un garçon qui a de jolis traits fins (que lui envient bien des copains) s'inquiète, craignant d'être un homosexuel, un transsexuel ou je ne sais trop quelle bête imaginaire. Un autre, à l'allure plus virile, s'affole à l'idée qu'il ressemblera peut-être plus tard à un orang-outang, tant il lui semble être poilu.

Les filles se regardent les seins, se demandent pourquoi leur sein gauche a poussé plus que le droit. Les garçons se mesurent le pénis, angoissés de savoir s'il est dans les normes. Alors qu'il y a de gros et de petits sexes, exactement comme il y a de gros et de petits nez. La taille du guignol en question n'a d'ailleurs rien à voir avec son développement en érection et ne préjuge en rien ni du plaisir donné ni des prouesses amoureuses…
Nous sommes tous différents, et c'est sans doute ce qui fait le charme de la vie. Il n'y a pas de norme proprement dite. Nous avons des cartes différentes dans notre jeu, et c'est à nous de nous en servir au mieux.
Mais c'est ainsi, chacun s'inquiète… et ne trouvant personne à qui parler, tourne et retourne ces questions dans sa tête, parfois jusqu'à l'obsession.

LE CLONE DE PAPA ET MAMAN ?

L'idéal, dans ces cas-là, serait de pouvoir se confier, parler… Mais à qui? Jusqu'alors, quand vous aviez un bobo, vous pleuriez un bon coup, papa ou maman arrivait (Pin-pon! Pin-pon!) et vous étiez consolé. Papa-maman étaient superstars, capables de régler tous les problèmes et vous leur faisiez une confiance aveugle. Lorsqu'ils vous disaient : « C'est rien, ça va passer! », vous les croyiez dur comme fer et, du coup, ça allait mieux. Avec l'adolescence, on se rend compte que ce n'est pas vrai, et il faut s'y faire. Non, les parents ne sont pas des super-héros. Eux aussi ont leurs galères, leurs ennuis, leurs angoisses et leurs désarrois qu'ils vous avaient savamment cachés jusqu'alors. Ce n'est pas parce qu'on est adulte qu'on a raison, et papa et maman ne détiennent pas le monopole de la vérité. Ils arrivent à un âge où ils ont raté beaucoup de voies possibles, accumulé parfois des frustrations. Souvent, ils veulent rejouer avec vous leur propre jeunesse. Si vous les écoutiez trop, vous finiriez par leur ressembler comme des jumeaux. Ils vous façonneraient à leur image, et ce n'est pas là le sens de la vie.

Quand donc papa est-il super-content de vous? Lorsque vous jouez au foot comme lui, lorsque vous avez de bons résultats en classe comme il aurait aimé en avoir... Et quand maman se révèle-t-elle très fière de sa fifille chérie? Lorsque celle-ci se fait des nattes comme elle quand elle était petite, ou lorsqu'elle prépare ce fameux gala de danse dont maman a toujours rêvé. Il y a chez vos parents une sacrée tendance à vous modeler à leur image. Vous avez pourtant à trouver votre propre chemin, afin de vous construire neuf et libre. Ni jumeau, ni clone!

DÉTRUIRE CEUX QU'ON AIME

Ce blues qu'on ressent parfois vient en grande partie de là. Un drôle de désir nous caresse les neurones, le désir intérieur de détruire ceux qu'on aime, parce qu'on devine que cet amour peut devenir étouffant. Aussi, on enfouit ce désir qui fait peur au fond de sa caboche, et on culpabilise. D'où le blues et le spleen. Vous êtes en train de quitter votre famille génitrice pour passer à une famille d'idées, d'émotions. Vous voilà un peu comme un chantier en démolition, avec plein de trucs qui traînent partout et pas vraiment de plan d'architecte pour vous reconstruire. Si la vie l'a voulu ainsi, c'est que cela a un sens. Il n'y a en réalité pas d'autre façon de se bâtir une personnalité. Les épreuves font partie du jeu. Et même les crises d'angoisse ont leur utilité dans ce processus.

HALTE A

SE FAIRE UN AMI, UN VRAI

DÉCOMPRESSER DANS LE SPORT

SORTIR DU COCO
À TOUT PRIX

BLUES !

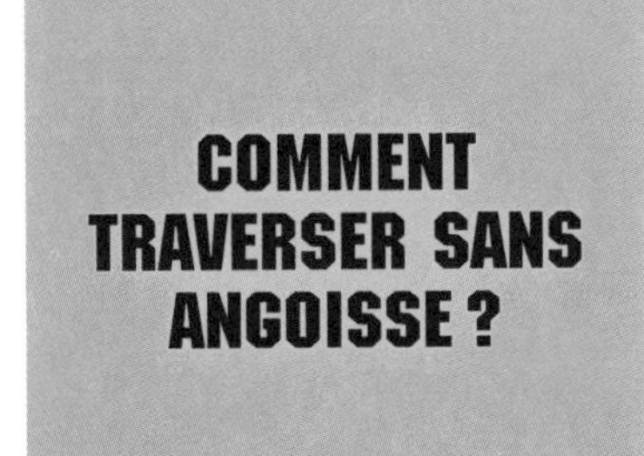
COMMENT
TRAVERSER SANS
ANGOISSE ?

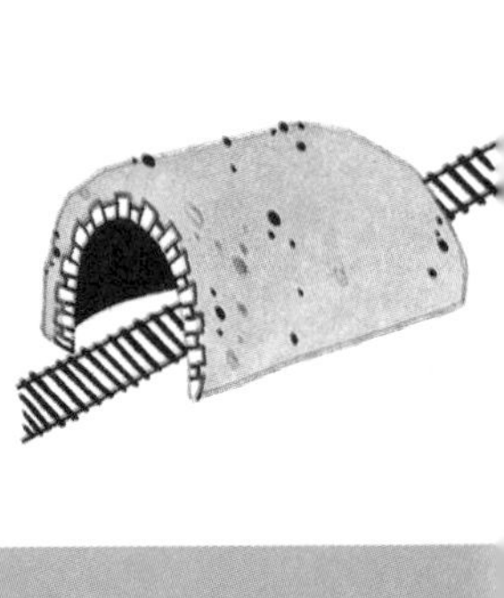

LLER AU-DEVANT
DES AUTRES

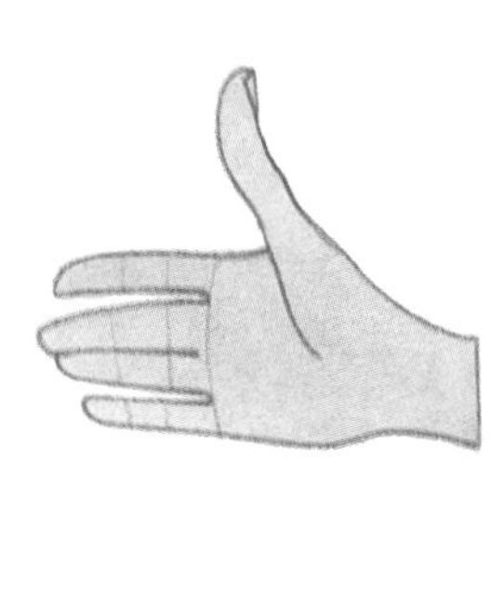

DEVENIR ARTISTE

HELP !

Tous ces coups de blues, ces petits malaises, que l'on regroupe sous le nom un peu pompeux de « crise d'adolescence », sont bien connus des psychologues. Tous sont d'accord pour dire que ce sont des phénomènes courants, tout ce qu'il y a de plus banal, à l'âge que vous traversez. La plupart vont même jusqu'à affirmer que ces troubles sont si normaux que leur absence est plus inquiétante que leur présence. On ne change pas de peau aussi facilement. Mais, pour normale qu'elle soit, la souffrance que vous ressentez est bien réelle. Et ce n'est pas une souffrance qu'on peut calmer en prenant de l'aspirine. C'est une souffrance intérieure, diffuse.

Il existe tout de même des moyens pour l'atténuer et pour traverser d'une manière plus paisible cette période de turbulences.

Vous le savez sans doute, la pire des choses qu'on puisse faire quand on a des problèmes, c'est de les

garder en soi. Il faut au contraire se confier, extérioriser… Mais à qui demander de l'aide quand on a un mal fou à s'adresser à ceux qui étaient jusque-là nos interlocuteurs uniques et privilégiés, les parents? À nos frères et sœurs? Cela reste possible, s'ils sont de quelques années plus âgés; mais le plus souvent, c'est dur, dur… Ils ont eux aussi leur propre chemin, et il y a de vieilles jalousies qui rôdent. Aux camarades de classe, aux copains? Pour cela, il faudrait passer outre à votre pudeur, vous jeter à l'eau. Or, c'est comme à la piscine : quand tout le monde a les yeux braqués sur le plongeoir, difficile de réussir son saut de l'ange. On a toujours un peu peur que les autres se moquent, qu'ils détruisent votre image dans le groupe.
« Surtout ne pas se faire remarquer » devient trop souvent à l'adolescence une règle de vie.

UN AMI, UN VRAI

L'idéal, c'est sûr, serait de se faire un ami, un vrai. L'ami, cet autre soi-même à qui on peut tout dire, tout confier… peines, espoirs et désirs les plus secrets. Car si c'est vrai qu'avec les copains on se marre bien (lorsqu'on parle des profs, de leurs tics et de leurs défauts, du teacher d'english qui n'a pas changé de chaussettes depuis la rentrée ou du prof de géo qui répète « En conséquence » toutes les douze secondes), on n'aborde cependant jamais les sujets les plus intimes. On a bien trop peur que le groupe vous regarde d'un drôle d'œil et vous rejette.

Pour cela, on a besoin d'un ami. Avec lui, on peut quitter le personnage qu'on joue parfois en public (on est tous un petit peu comédiens!), pour être plus vrai et plus sincère. On peut tout lui dire, même ce dont on n'est pas très fier, parce qu'avec lui on a confiance.

À qui avouer, sinon à l'ami, qu'on n'aime pas les séances de piscine parce qu'on se trouve un torse trop « rachteck »? À qui, sinon à l'amie, aller raconter qu'on se sent toute troublée quand le jeune prof de gym nous prend par la taille pour nous aider à grimper aux barres parallèles?

UN MIROIR POUR SE COMPRENDRE

À l'âge où l'on se pose énormément de questions sur soi-même et sur le monde, pouvoir se les poser à deux rend les choses plus faciles. Rien de tel qu'un ami pour se conforter lorsqu'on n'est pas très sûr de soi. On ne tombe plus dans l'inquiétante spirale des interrogations sans réponse. On ne monologue plus, on dialogue. Et tout finit souvent par des fous rires... Il vous dit un truc et vous lui répondez : « C'est dingue, je pensais exactement la même chose! » Il aime les tartes aux concombres, justement vous en raffolez. Il a horreur des vacances-bronzing, vous, ça vous donne de l'urticaire. Il aime bien les bouquins de Stephen King. Vous connaissez pas? N'ayez crainte, c'est génial, il va vous en prêter un stock. Il est sûr que vous allez adorer! Depuis qu'il est là, tout vous

semble plus facile. Même d'aller manger à la cantine. Il est avec vous, à la même table, devant le même œuf mayo. Et vous n'en avez plus rien à fiche de la queue agglutinée devant le self, des bousculades et des épinards qui reviennent trois fois par semaine. La cantoche devient presque un plaisir. Le matin, avant de partir, vous pressez même maman pour arriver en avance au bahut (un comble!), tout ça parce que vous savez qu'il sera là, devant le portail, à vous attendre.

Le jour où vous avez un gros chagrin (l'engueulade explosive avec papa au sujet de ce 6 en anglais qui n'était pas vraiment de votre faute), S.O.S. Téléphone. Il répond présent pour vous regonfler le moral et vous donne même de petits conseils pour désamorcer la bombe. En deux mots, il est génial! Avec lui,vous voyez la vie avec des lunettes roses...

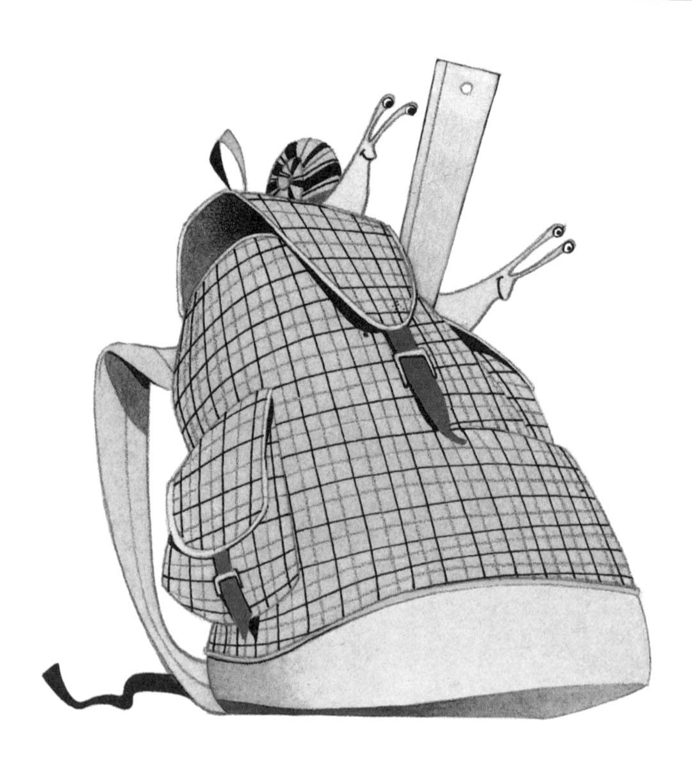

MAIS SI ON N'A PAS D'AMI ?

Parce qu'on vient de déménager, qu'on débarque dans une nouvelle classe ou tout bêtement parce qu'on a l'impression que les autres nous fuient dès qu'ils nous voient arriver.
Eh bien, il faut se prendre par la main, faire le premier pas, inviter les uns et les autres au moindre prétexte. Surtout ne pas rester dans sa coquille. Si vous voyez dans la classe un autre garçon (ou une autre fille), qui lui aussi semble esseulé, c'est peut-être le moment de réunir vos deux solitudes.
Bien évidemment, si vous jugez Betty trop tarte, Didier trop puant, Cédric trop coincé, Carole trop snob et Julien trop je sais plus quoi, ça ne sera pas facile. Il est peut-être temps de vous demander si

ce n'est pas à vous de faire un petit effort de compréhension et d'avoir un chouia de tolérance en plus. Les gens parfaits n'existent pas (avouez que vous-même ne l'êtes pas!), alors exigez moins des autres. Sachez les prendre avec leurs défauts, et peut-être arriverez-vous à les faire changer.
Ce Cédric que vous trouviez trop coincé, sans doute allez-vous découvrir qu'il a un humour à froid à pisser dans sa culotte. Cette Carole que vous jugiez trop snob, vous allez vous rendre compte avec le temps qu'elle se cachait sous des apparences, afin de se protéger. Maintenant que vous la connaissez mieux, elle est la première à rire des blagues les plus limites, celles-là mêmes que vous préférez entre toutes.

FAIRE LE PREMIER PAS

Il est possible aussi que vous soyez pris dans des filets de solitude parce que vous traversez une période familiale difficile. Papa et maman viennent de divorcer et vous ne savez plus trop où vous en êtes devant ces points de repère qui s'effacent, eux aussi. Vous avez l'impression d'être un zombie. Pourtant, sachez qu'un lycéen sur trois a des parents divorcés et que cette proportion est plus forte encore en région parisienne. Dites-vous que, dans votre collège, il y a des dizaines d'autres garçons et filles qui traversent ou ont traversé le même désarroi. Sans doute même dans votre classe! C'est peut-être vers eux qu'il serait bon de vous tourner. Avec lui ou avec elle, vous allez pouvoir parler. Vous avez des choses en commun à partager que les autres auraient du mal à comprendre. Encore une fois, faites le premier pas, plutôt que de reprocher tout le temps aux autres de ne pas le faire!

ENFILEZ VOS BASKETS !

L'amitié est la meilleure arme pour affronter les turbulences. À s'embarquer dans une aventure, autant s'y embarquer à deux. Mais il y a d'autres armes et d'autres moyens. Lorsqu'on a besoin de se confier, parce que la vie pose trop de questions ou se fait trop étouffante, ne croyez pas qu'il n'existe que la solution d'une oreille complaisante. Nous avons à notre disposition bien d'autres formes de langage qui nous permettent de nous dire et de « vidanger » ce trop-plein qui nous crée des soucis. En tout premier lieu, il y a le sport. Puisque vous avez hérité d'un nouveau corps, apprenez à vivre avec lui. Faites-le courir, bouger, sauter, s'aérer, s'épuiser même. Découvrez ses fantastiques possibilités, son langage à lui. Quand ça ne va pas, un grand tour de VTT, un bon match de foot avec les copains ou une séance de piscine qui creuse et laisse flagada… Et tous les soucis s'envolent. Comme disent les adultes (qui en ont bien besoin eux aussi), on décompresse !

Si vous ne pratiquez encore aucune activité sportive et que vous ne sachez pas trop comment faire, allez voir à la « Vie scolaire » de votre collège, interrogez votre prof de gym, ou renseignez-vous auprès de la mairie de votre ville ou de votre village. Il existe des milliers d'associations qui organisent des activités physiques le mercredi ou après les cours (MJC, clubs, maisons de quartier, foyers socio-éducatifs, services municipaux...).

L'EMBARRAS DU CHOIX

Ne vous focalisez pas sur un seul sport, le rugby, par exemple, parce que papa a été trois-quarts aile du Gazélec de Trifouilly et qu'il ne cesse de vous bassiner avec son fameux drop des 40 mètres! Au contraire, essayez-en plusieurs. Si vous sentez une forte violence en vous, recherchez les sports de contact ou de dépassement qui vous permettront de l'évacuer..

Si les sports d'équipe ne vous conviennent pas, essayez le tennis ou l'athlétisme. Si vous vous trouvez trop gros pour courir sur un terrain, prenez des cours de natation ou de judo. Si vous vous jugez trop fluet pour les sports dits physiques, essayez le volley ou la danse.

Et si on vous appelle « la grande perche », allez donc faire un peu de basket : vous verrez qu'il y a aussi quelques avantages à être une gigue. Il existe nécessairement un sport qui correspond à votre personnalité.

Ce n'est pas parce que les séances de gym au bahut sont pour vous un calvaire que vous n'allez pas trouver votre bonheur dans une activité sportive extra-scolaire. Tout dépend de l'animateur : certains sont fort capables de vous faire aimer une discipline que vous détestiez. Souvenez-vous de l'histoire-géo qui était votre bête noire en sixième et qui est maintenant votre matière préférée depuis que vous avez ce nouveau prof qui émaille ses cours d'anecdotes et de blagues.

LA SOUPAPE DE LA COCOTTE-MINUTE

Le sport vous permettra d'évacuer toute cette énergie que la croissance a mise en vous et qui a bien du mal à trouver une porte de sortie durant les heures où vous devez rester sagement assis en classe. C'est un peu comme le petit bouchon de la Cocotte-Minute : quand on l'enlève, il libère toutes les tensions accumulées. Croyez-moi, vous en avez bien besoin ! La France est le seul pays d'Europe qui impose aux élèves autant d'heures de cours, les fesses vissées à la chaise. Il y a de quoi en avoir des fourmis rouges sous le jean !

Si j'avais à faire une campagne de pub pour le sport, je ne manquerai certes pas d'arguments. Le sport rend plus beau. Il vous fait un corps plus souple, plus gracile, une démarche plus harmonieuse. Si vous vous trouvez quelques kilos en trop, il vous aidera à les faire fondre. Le sport est

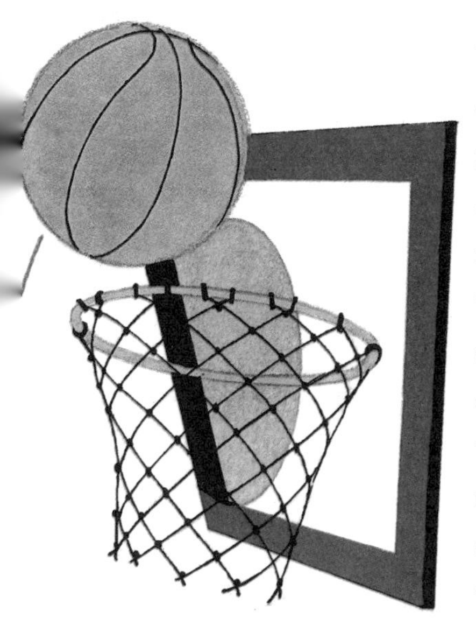

bon pour la santé. Pour les os qu'il raffermit, pour le cœur qu'il muscle, pour le cerveau qu'il oxygène et rend plus performant. Le sport, et notamment tous les sports collectifs, vous aide à mieux trouver votre place dans un groupe. Il vous aide à vous intégrer, souvent même à trouver des copains, venus d'autres milieux que ceux de votre collège.

Quant à la pratique d'une activité sportive à l'intérieur d'un club, elle vous permettra de sortir du milieu familial et de rencontrer d'autres adultes que papa et maman. À l'âge où l'on se cherche des modèles et des références, c'est une ouverture irremplaçable sur le monde. Par le dépassement de soi qu'il permet, le sport offre aussi des sensations de plaisir à l'état pur.

« Un jour, avec le centre aéré, on est parti toute la journée en randonnée. Au début, je râlais un peu parce qu'il fallait marcher et toujours marcher. Mais, au bout d'un moment, je me suis pris au jeu. Je voulais pas être à la traîne. Et quand on est arrivé au sommet du Canigou, après en avoir bien bavé, j'ai trouvé ça génial. La vue d'en haut était fantastique. On voyait toute la chaîne des Pyrénées, jusqu'à la mer. On a poussé de grands cris. On était comme saouls tellement on était bien. »

Patrick, treize ans.

SORTIR DU COCON À TOUT PRIX

Je sais que j'aurais beau vous tartiner des pages sur le sport, il y aura toujours des irréductibles qui me répondront qu'ils n'aiment pas ça. Il y a d'ailleurs d'autres moyens pour faire bouger son corps et pour s'ouvrir sur le monde. L'important, c'est d'agir, de ne pas rester inactif, de fréquenter un maximum de lieux et de gens de son âge. Alors, si vous détestez la sueur et les odeurs d'embrocation, inscrivez-vous à une bibliothèque, à un club de jeux de rôle, de jeux d'échecs, de solidarité envers le tiers monde, d'informatique, de philatélie, de photo, de spéléo ou d'astronomie… La société vous offre des milliers de possibilités. Pourquoi ne pas en profiter?

BRÛLER LES PLANCHES

Devenez artiste ! Faites de la musique, de la danse, du théâtre. On y apprend à oublier sa timidité, à accepter le jugement des autres. Si, au début, c'est un peu difficile d'être sur le devant de la scène, d'être celui que les autres regardent et écoutent, on finit vite par l'accepter et souvent même par y prendre goût. Ce n'est pas du tout désagréable pour notre petit ego ; voilà qu'on existe soudain aux yeux de tous !

Les activités artistiques collectives sont de fantastiques écoles de vie. Lorsqu'on monte une pièce de théâtre avec une bande de copains, cela absorbe tellement les pensées que tous les petits soucis nombrilistes s'éloignent. On vit une véritable aventure, pleine d'expériences et de rencontres. L'énergie qui bouillonne en vous trouve là un fantastique exutoire. Et ce qui vaut pour le théâtre vaut aussi pour la danse et la musique.

« Je chante à la chorale de la MJC. Je suis la plus jeune, mais la chef de chœur veut absolument que je vienne à tous les concerts parce qu'il paraît que j'ai une super voix. Ça fiche un peu le trac quand on s'installe en rang d'oignon devant la scène. Mais quand je chante, j'y pense plus du tout. C'est comme si j'étais dans un autre monde. Et lorsque, à la fin du morceau, les gens applaudissent, ça me fait comme une boule au cœur. J'aurais presque envie de pleurer. Mais c'est pas du chagrin... »
Marie-Laure, quatorze ans.

Beaucoup de grands timides ont trouvé dans les arts le moyen de briser la tour de verre qui les isolait du monde, et cela a donné bien souvent de grands artistes. Songez au jeune Frédéric Chopin qui se plongeait corps et âme dans la musique, afin d'oublier une solitude qui lui pesait terriblement. Alors, pourquoi pas vous?
Toutes les activités artistiques font du bien, au sens où elles vous permettent d'extérioriser les états d'âme qui vous étouffent.

POUET PŒTE !

Lorsque j'étais adolescent, ce qui m'a le plus aidé, c'est la poésie. Je me prenais pour Rimbaud, Baudelaire et Victor Hugo tout à la fois. Le soir, quand j'avais le blues, j'attrapais un petit carnet à spirale et j'écrivais des poèmes dans mon lit, ou bien je racontais tout ce qui me passait par la tête dans un journal intime. Je m'étais ainsi fabriqué mon jardin secret. Je crois qu'on combat mieux toutes les choses obscures qu'on a au fond de soi en leur donnant une forme, même si ce n'est qu'une forme de papier. L'adolescence est un âge narcissique : on a besoin de parler de soi et de se regarder pour mieux se connaître et se comprendre. La poésie nous en donne la possibilité. Pour s'en persuader, il suffit de lire ce superbe texte d'Héla, une collégienne de sixième.

J'ecris avec l'encre noire la douleur des âmes blessées
et le deuil de mes souvenirs oubliés
j'écris mes larmes perdues, cherchant vainement
la chaleur des mains qui les essuyaient.
J'écris la nuit sombre, sans étoiles, et le regard
mourant de mes fleurs fanées.

J'écris avec l'encre verte,
le printemps de mes années,

J'écris ma terre, mon royaume, j'écris mon jardin
d'enfance et tous les rêves que j'y plantais.
J'écris avec l'encre rouge les flammes de mes colères
affamées.
J'écris le sang de mes libertés violées,
J'écris le feu de mes révoltes qui ranime mes volontés.
J'écris avec l'encre bleue le ciel lointain de mes désirs,
de mes chimères insatisfaites.
J'écris mon regard perdu dans les vagues
de la mer un juin d'été.
J'écris l'azur tendre des amours voilées.

Héla.

PARENTS ET PRO

PARENTS MURS ET PARENTS FANTÔMES

ESPRIT CRITIQUE ET SITUATIONS CRITIQUES

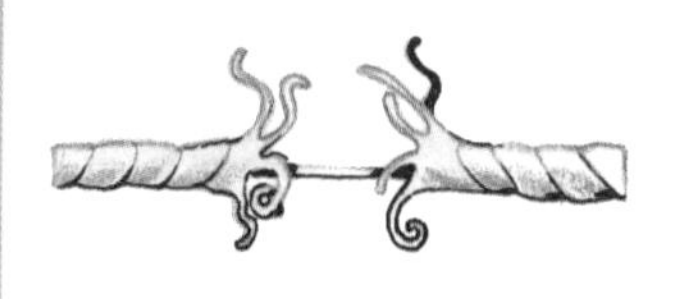

LE SPECTRE DE L'ÉCHEC SCOLAI

…, PARLONS-EN !

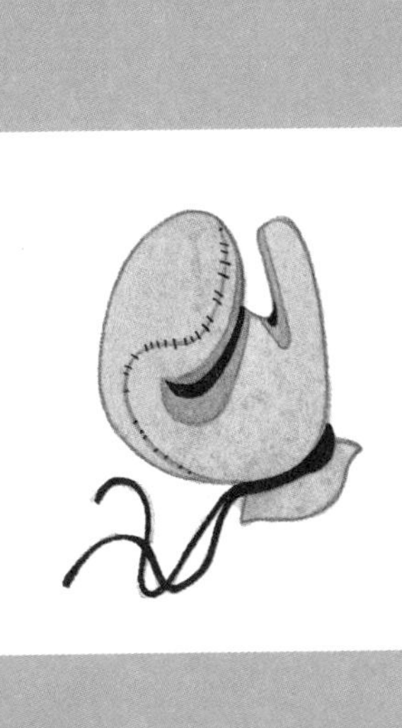

UNE VIOLENCE NÉCESSAIRE

DES PORTES ET DES JOUES QUI CLAQUENT

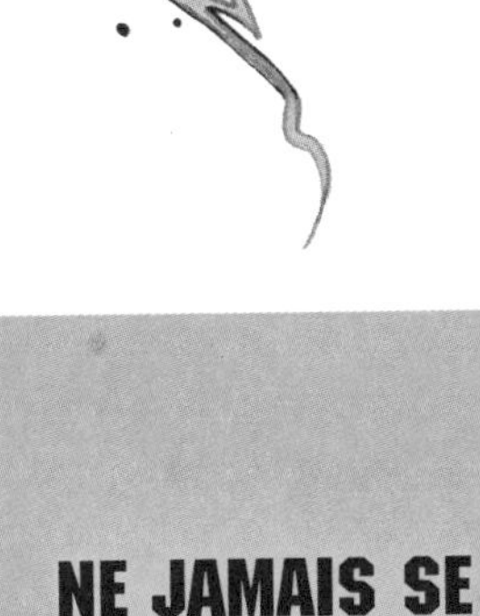

NE JAMAIS SE CROIRE NUL

VIOLENCE ET AGRESSIVITÉ

Si vous n'étiez confronté qu'à des coups de blues passagers et à quelques états d'âme ombrageux, l'adolescence serait une période de la vie relativement rose, car largement contrebalancée par de beaux moments d'euphorie, d'enthousiasme et de découvertes.

Mais il y a les parents et les profs... et vous avez parfois l'impression qu'ils s'ingénient à vous casser les pieds. Avec eux, les conflits nombreux viennent se rajouter à vos problèmes d'identité, faisant naître en vous violence et agressivité.

Ne vous y trompez pas : tout cela est intimement lié. Sachez que votre violence est nécessaire. C'est une force de vie. C'est elle qui va vous permettre de briser les murs de l'enfance. À seize, dix-huit ou vingt ans, lorsque votre adolescence sera terminée, toutes les relations familiales auront été bouleversées pour aboutir à une nouvelle donne et à une nouvelle sérénité.

DE L'AIR !

« Mets ton pull-over, range tes chaussettes, ne mange pas si vite, lace tes chaussures, sois poli avec tes professeurs, peigne-toi : tu ressembles à un SDF... »
Vous avez beau être au collège ou au lycée, les parents vous considèrent encore comme des bébés. Or vous acceptez de plus en plus mal qu'ils décident à votre place comment vous devez vous habiller, qui vous devez fréquenter et s'il faut rajouter ou non du sel dans les nouilles. Leur inquisition permanente (reflet de leurs inquiétudes) vous fait suffoquer : « Où vas-tu? À quelle heure tu rentres? Que font les parents de ton copain?... »
Vous avez la désagréable impression qu'ils ne vous font pas confiance, qu'ils ne vous considèrent pas comme un être humain à part entière. Et les disputes, accrochages, prises de bec deviennent de plus en plus fréquents. De leur côté, ils sont tellement habitués depuis votre petite enfance à vous dire ce qu'il faut faire, qu'ils comprennent mal que ce temps-là est révolu.

ILS ONT TOUT FAUX

Les parents ne comprennent pas non plus que c'est le groupe des copains qui est devenu l'univers de référence. Que si vous réclamez à cor et à cri ces fameux escarpins à bouts pointus ou ce blouson d'une marque qui commence par CHE et finit par GNON, c'est tout simplement parce que vous avez besoin d'être comme les autres, d'adhérer au groupe. Au collège, il faut se situer dans la gamme des clans possibles (baba, rocker, rasta, BCBG, Adidas, grunge…) souvent à travers un look. La pire des choses, la honte, la cata, serait d'être rejeté ou isolé. Si cela ne leur paraît pas vital (et s'ils ont raison de considérer l'aspect financier des choses !), ils devraient se souvenir qu'ils ont, eux aussi, ressenti autrefois ce besoin de s'identifier. Or c'est à croire qu'ils ne comprennent rien, qu'ils ne vous ont pas vu grandir. En deux mots, ils ont tout faux !

Une remarque en passant : si vous souhaitez qu'ils vous fassent confiance, donnez-leur des gages de votre maturité. Pour cela, appliquez quelques règles d'or. Évitez tout mensonge, qui arrange la situation à court terme, mais l'envenime à bref délai. Sachez négocier un compromis avec diplomatie « Vous me laissez aller à la boum, et je rentre à 6 heures pétantes pour travailler ! ». Ne les laissez pas empiéter sur vos plates-bandes. Montrez-leur que vous êtes capable de préparer tout seul votre p'tit déj' et d'organiser sans leur aide un anniversaire. Difficile de dire à ses parents : « Fais-moi confiance, je suis un grand » et parallèlement de les mettre à contribution pour le moindre petit détail : « Maman, ramène-moi ces livres à la bibliothèque, apporte-moi un jus d'orange, viens m'aider à préparer mon cartable… » Un peu de logique dans les comportements !

Mais, dis-moi, on étouffe ici !
L'atmosphère est devenue irrespirable.
Et moi, je veux vivre.
Sans qu'on me dise constamment ce que je
dois ou ce que je ne dois pas faire.
Vous comprenez je veux vivre.
Vous, mes parents, vous m'avez mise au monde,
très bien, je ne vous le reproche pas.
Il y a une époque où j'étais votre petite fille

PAPA ET MAMAN POULE !

Chaque fois que vous avez besoin de sortir, vous sentez bien que ça les angoisse. À les entendre, le monde extérieur est une jungle à la Mad Max. Et le gugus qui sort des passages cloutés risque, tour à tour, d'être volé, violé, racketé, enlevé, drogué et pourquoi pas? assassiné. Ils voudraient baliser tous vos déplacements, vos moindres fréquentations…

Ils n'aiment pas vous voir sortir. Or c'est justement de sortir dont vous avez besoin. Comment parvenir à se construire, à devenir un être humain à part entière si l'on ne se confronte pas au monde? Dans l'un de ses poèmes, une adolescente, Nelly, exprime ce sentiment avec beaucoup de force.

bien que je ne me souvienne pas très bien
de ce temps-là.
Mais n'oubliez pas que j'ai grandi,
même si vous ne voulez pas le comprendre
et l'accepter (...)
Vous n'êtes plus seuls, je suis là, j'existe.

Nelly.

O.K., Nelly! Tu as bien raison de vouloir sortir, de couper le cordon, de te jeter toi aussi dans la vie. Mais il est légitime que les parents, qui sont légalement responsables de toi jusqu'à dix-huit ans, t'aident à rentrer en douceur dans l'atmosphère. Ils connaissent la réalité de certains dangers que tu ignores encore. Si tu avais à apprendre à quelqu'un à nager, tu ne le jetterais pas à l'eau d'un bateau, avant de t'éloigner tranquillement vers la côte. Tu essaierais de l'assister un peu plus.
Alors, non aux parents qui refusent de voir leurs enfants entrer dans le monde (c'est un acte criminel !), mais oui aux parents qui essaient de leur faire profiter un temps de leur parapluie, de leur protection. Sans excès, bien entendu. Inutile d'ouvrir le parapluie les jours de beau temps!

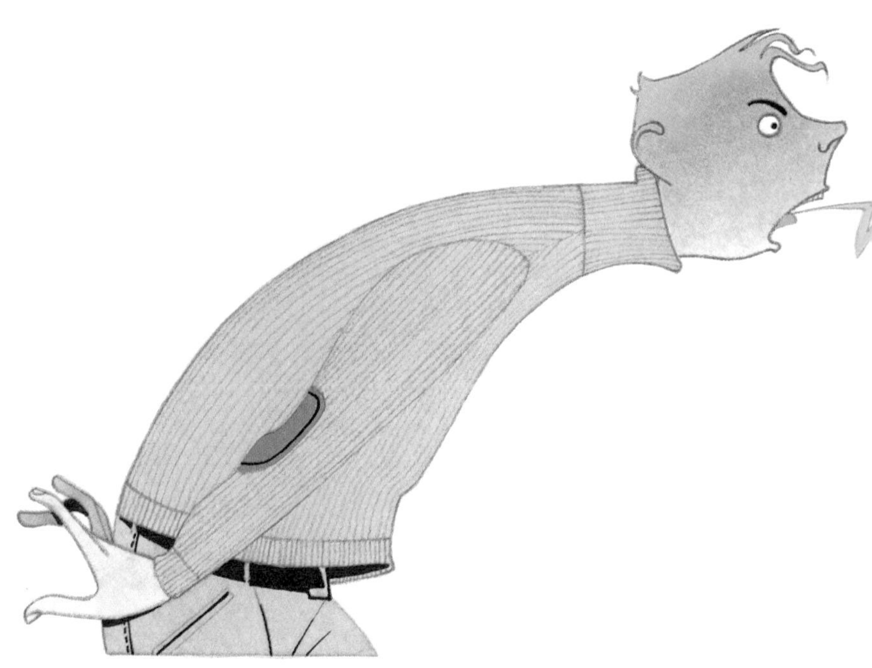

PORTES ET JOUES QUI CLAQUENT

Souvent, on aimerait pouvoir s'expliquer avec les parents. On aimerait se confier. Mais on se retrouve empêtré avec des mots qu'on ne domine plus. On a le sentiment qu'on ne sait plus leur parler, qu'on est maladroit dans notre communication et qu'ils ne sont pas très doués, eux non plus, pour le dialogue.
« Je sais pas comment je me débrouille, avoue Jean-Luc, onze ans, dès que j'essaie de leur parler, ça tourne à la dispute. Je la sens qui monte en moi et je ne peux rien faire pour me retenir, alors je dis des choses que je regrette après. De toute façon, on n'est d'accord sur rien! Le pire, c'est que j'aurais bien envie parfois de leur dire que je les aime, mais je n'y arrive pas, je suis bloqué. »

Eh bien oui, communiquer n'est pas une chose facile. Et d'ailleurs, comment expliquer quelque chose qu'on n'arrive pas bien à s'expliquer soi-même? Alors, ça tourne aux caprices, aux exigences, aux bouderies et aux portes qui claquent dans toute la maison.
Vous saviez parler comme un enfant parle à ses parents, mais vous ne savez pas encore parler comme un jeune homme ou une jeune femme. Ce costume de l'être sexué, futur père ou mère dans quelques années, vous gêne encore aux entournures.

LA BONNE DISTANCE

Ce bon Dr Freud nous l'a enseigné : lorsqu'on est un garçon, une pulsion naturelle nous pousse, à l'âge de l'adolescence, à mettre à distance sa mère, qui représente le tabou de l'inceste (et inversement son père, lorsqu'on est une fille). Mais comment savoir où se situe la bonne distance? Comment cohabiter avec l'ancien enfant qui voudrait, de son côté, conserver sa place près de papa-maman?
Vous retrouvez donc sur votre chemin le sempiternel problème de l'identité sexuelle, qui est décidément bien au cœur de tous vos petits ennuis.

Vous n'êtes d'ailleurs pas les seuls concernés par ces turbulences. Bien des papas ont du mal à accepter que leur fifille ne soit plus leur louloute chérie. Bien des mamans voudraient encore tenir la main de leur fiston qui les dépasse d'une tête. Il y a malaise dans la communication, car votre adolescence fait remonter à la surface les vieux échos de la leur. Elle sonne aussi le glas d'un certain type de relation dont ils doivent faire le deuil. Un deuil lourd de symboles : voir ses enfants grandir, c'est déjà commencer à vieillir; les savoir bientôt capables de donner la vie, c'est déjà se sentir futur grand-père ou grand-mère.

LE TEMPS DES PARADOXES

Vis-à-vis de vos propres parents, vous avez souvent les fesses entre deux chaises : partagé entre le désir qu'ils vous lâchent et l'envie secrète qu'ils continuent à vous câliner ; contradiction terrible entre vos besoins simultanés d'autonomie et de soutien, d'indépendance et de sécurité. Vous voudriez les planter là pour vivre votre propre vie, mais, paradoxalement, vous culpabilisez devant cette envie, jugée monstrueuse, de lâchage. Or lorsqu'on veut tout à la fois passer la marche avant et la marche arrière, on reste fatalement au point mort. Rien de plus énervant que de se sentir ainsi impuissant à s'exprimer. Cela déclenche en vous encore plus d'agressivité, comme un besoin impérieux de leur rentrer dedans, parfois même gratuitement. Il y a tellement de non-dits dans vos rapports qu'ils finissent par exploser en disputes ou en crises de larmes.

Vous devenez provocant, recherchant la moindre occasion de conflit, dans le désir secret de vous affirmer. C'est le temps de l'opposition systématique, de la guérilla des familles. Tel garçon refuse de ranger sa chambre ou dit exactement le contraire de son père... Telle fille change de trottoir quand elle aperçoit sa mère et s'habille le plus destroy possible dans la jubilation de la faire flipper. L'utilisation d'un langage jeune et argotique est d'ailleurs une façon de plus de disqualifier ses parents, de les « mettre à 10 mètres »!

ESPRIT CRITIQUE

Les repas de famille sont souvent l'occasion de joutes verbales pimentées. D'autant que l'adolescence a fait naître en vous une réflexion sur le monde et la société. Votre esprit critique s'est aiguisé. Et les failles dans la logique de vie des parents apparaissent si évidentes que les arguments d'opposition ne manquent pas. Leur prestige en prend un coup. On critique, on dispute, on argumente... Pourquoi se permettent-ils des choses (petits mensonges, compromissions, égoïsme, impolitesses, mesquineries...) qu'ils fusti-

gent toujours chez les autres? Pourquoi ne mettent-ils pas en accord ce qu'ils disent et ce qu'ils font? Comment peuvent-ils accepter la faim dans le monde, l'exclusion, les camps d'extermination en Bosnie et l'injustice permanente qui choquent notre idéalisme? Sont-ils vraiment si fiers de ce qu'ils sont, pour oser projeter sur nous leurs rêves d'avenir? C'est leur problème s'ils n'ont pas pu être fonctionnaires, ingénieurs, toubibs ou notaires... Alors pourquoi le deviendriez-vous à leur place?
Le ton monte, monte, monte... et la dispute éclate! Y a de la kalachnikov dans l'air!

SITUATIONS CRITIQUES

Tout cela n'est pas aussi négatif qu'il y paraît. Le conflit, l'opposition sont des phases nécessaires. On ne se pose qu'en s'opposant ! En se confrontant aux parents, on s'aguerrit tout en gardant le contact avec eux. C'est un peu comme un boxeur à l'entraînement. Il a besoin d'un *sparring-partner* pour faire ses armes… et ceux qui vous aiment sont évidemment les mieux placés pour jouer ce rôle.

Mais attention à ne pas aller trop loin ! Quand vous sentez que vous allez exploser et dire des choses qui vous dépassent, mieux vaut briser là, sortir faire un tour ou aller dans votre chambre écouter de la techno. Pas question de blesser son sparring-partner ! Les coups en dessous de la ceinture, les humiliations et les méchancetés gratuites doivent être bannis des règles du jeu. Si une dispute est allée trop loin, ne refusez jamais la main tendue de réconciliation. Ne soyez pas tête de mule. Plutôt que de vouloir reprendre la discussion, qui risque de redéclencher la dispute, recourez aux petits gestes de bonne volonté : donnez un coup de main pour la vaisselle, soyez prévenant et souriant, faites preuve d'humour, ce qui désamorce bien des colères…

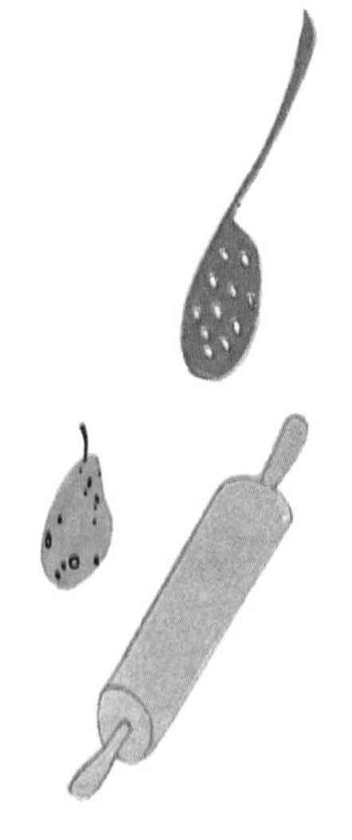

COUPEZ LE CORDON

Prenez garde aussi à ne pas faire de l'opposition systématique, du type : « Je dis blanc parce que tu as dit noir. » D'abord parce que ça devient épuisant à la longue. Ensuite parce que ça se termine souvent en phrases incendiaires ou humiliantes qu'on regrette l'instant d'après. On culpabilise devant nos actes sacrilèges (n'est-on pas en train de déboulonner la statue que nous avons autrefois adorée?). Et l'angoisse revient au rendez-vous.

Enfin, et surtout, parce qu'agir dans le seul but d'embêter l'autre, c'est encore lui rester aliéné. Penser exactement le contraire de ce que pense son père, ce n'est toujours pas penser librement! Pour se détacher vraiment de lui, il faut couper le cordon. Agir perpétuellement contre lui, c'est, somme toute, lui rester inconsciemment attaché.

LES MURS

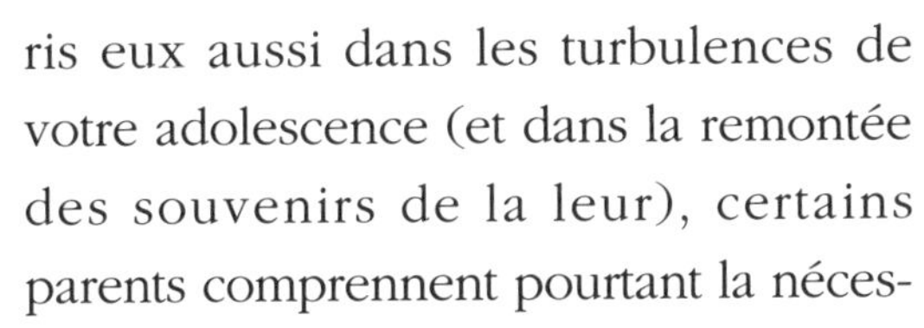

Pris eux aussi dans les turbulences de votre adolescence (et dans la remontée des souvenirs de la leur), certains parents comprennent pourtant la nécessité de votre opposition. Même s'ils la vivent parfois douloureusement, ils savent qu'il faut en passer par là. Ils acceptent peu à peu l'idée que vous n'êtes plus un enfant et que la mise à distance, aussi bien physique qu'affective, que vous leur faites subir, est indispensable à votre construction.

Mais il en est d'autres qui sont de véritables murs. Avec eux, pas question de dialoguer. Ils détiennent une autorité de droit divin qui ne supporte aucune entorse. Sans doute craignent-ils avec angoisse de n'être plus rien s'ils abandonnent ce privilège de petit chef de famille. Ils jugent donc vos opinions irrecevables ou ridicules sous le prétexte que vous n'auriez pas encore l'âge de raison. À la moindre de vos remarques, ils répliquent : « On verra ça quand tu auras passé ton bac ! » En un mot, ils manquent considérablement de psychologie, et, à part leur offrir les œuvres complètes de Françoise Dolto (une psychologue pour enfants), je ne vois pas grand-chose à faire. Patience, leur règne n'est pas éternel ! Et s'ils vous interdisent de dire certaines choses, vous restez libre de les penser !
Le mieux pour le moment est de vous tourner vers d'autres adultes de la famille (oncles, tantes, grands-parents...), qui peuvent être des confidents ou des alliés efficaces.

LES FANTÔMES

Il est une catégorie de parents qui vous arrangent encore moins les affaires : ceux qui passent leur temps à céder, tout simplement parce qu'ils ne supportent pas le conflit. Ils sont si transparents qu'on dirait des fantômes. Ils satisfont vos moindres désirs, ce qui a pour effet pervers de tuer le plaisir du désir.

De plus, en s'effaçant en permanence devant vos coups de cornes, ils ne vous permettent pas de vous construire. Ce qui vous oblige à aller chercher encore et toujours de nouvelles sources de conflits. Dans ce genre de famille, c'est l'escalade permanente, avec un papa et une maman qui comprennent de moins en moins ce qui se passe. « Mais, bon sang, les entend-on répéter, il a tout ce qu'il veut, tout ce qu'il faut pour être heureux… et il n'est jamais content ! »

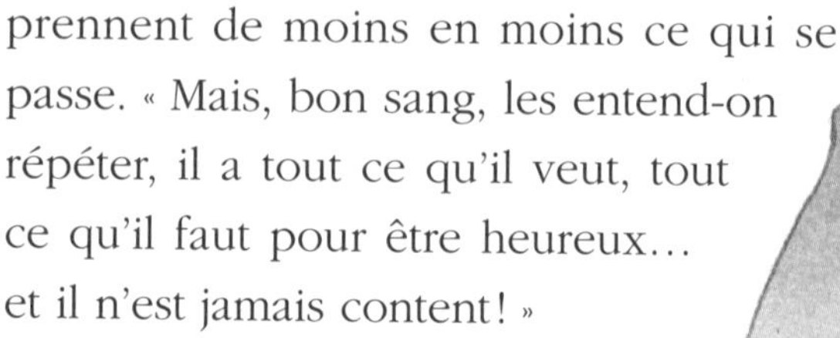

Non, vous n'avez pas tout ce qu'il vous faut puisque vous n'avez pas des parents qui acceptent d'être de vrais parents, c'est-à-dire des adultes responsables, qui sachent aussi, lorsque c'est nécessaire, dire non et faire preuve d'autorité.

Parmi les parents fantômes, il existe aussi les absents ; ces pères et mères qui ne sont jamais là, jamais disponibles (parce qu'ils n'ont pas le temps, trop de boulot, trop d'activités hors de la maison...). Ils croient souvent qu'ils peuvent compenser en ouvrant largement le porte-monnaie pour satisfaire vos caprices. Mais pas question de rentrer dans ce jeu-là ! Ni l'amour ni l'affection ne s'achètent ! Il est bon que vous les interpelliez de temps à autre afin de les mettre devant leurs responsabilités. Même à douze ans, une bonne conversation entre quatre yeux peut avoir des effets salutaires.

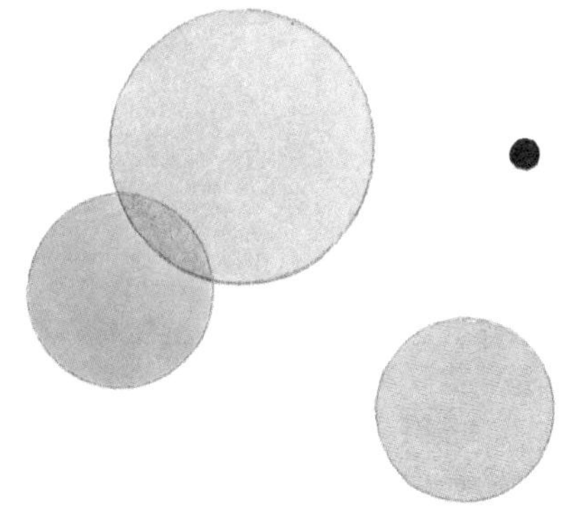

MON AMI LE PROVISEUR !

tre parents n'est pas chose facile. Vous voir arriver au lycée fait naître en eux l'angoisse de l'avenir. Dans notre société, la réussite scolaire demeure le symbole éclatant de la réussite sociale (même si ce n'est pas toujours vrai). Ils ne peuvent donc que vous pousser à travailler, à récolter de bonnes notes et à travailler encore, dans l'espoir que vous trouverez plus tard un bon métier. Lorsque vos résultats ne sont pas à la hauteur, le spectre de l'échec scolaire qui les obsède rend bien des situations explosives. Combien de crises de larmes et d'engueulades pour des histoires de moyennes et de contrôles !

Depuis la sixième, on ne cesse de vous le répéter, le temps des choses sérieuses est venu. L'embêtant, c'est que cela vous « tombe sur le poil » juste à une période de la vie où vous avez bien d'autres

soucis. Comment ingurgiter des leçons, rédiger des devoirs, rester vissé des heures durant à l'écoute des cours, quand votre esprit bat la campagne dans sa crise identitaire ? Pas facile, facile... D'autant que l'institution scolaire ne veut surtout pas voir les choses sous cet angle.
Le lycée est une grosse machine administrative, et comme le dit mon ami le proviseur : « S'il fallait s'occuper des états d'âme de nos huit cents élèves, on n'en finirait pas ! » Je le conçois fort bien. Mais pourquoi le système est-il donc si infantilisant au moment où l'esprit critique des élèves est en pleine formation ? À l'âge où l'on a envie de donner son avis, de discuter, de confronter ses opinions, on ne vous demande le plus souvent que d'ouvrir les oreilles comme des entonnoirs, afin qu'on y déverse la connaissance. Débrouillez-vous ensuite pour apprendre à analyser des informations.

AUTORITÉ OU AUTORITARISME ?

Certes, je caricature, mais l'institution scolaire ne semble pas avoir pris en compte ce qu'est un adolescent. Dans la formation même qu'elle donne aux futurs professeurs, elle ne se préoccupe d'ailleurs guère que du contenu des connaissances à transmettre. La pédagogie lui semble quantité négligeable. Il y a là une grave lacune qu'il serait temps de prendre en compte.

Au cours des nombreuses discussions que j'ai eues avec des collégiens, beaucoup ont stigmatisé ces enseignants pas vraiment à l'écoute, plus rapides à sanctionner qu'à aider, plus prêts à cataloguer cancre dès le deuxième cours qu'à stimuler. Si certains professeurs recueillent tous les suffrages « Un mec génial qui sait nous faire bosser sans que ce soit galère ! », beaucoup semblent entrer dans la catégorie des murs ou des fantômes. Des donneurs de leçons enfermés dans leur rôle, lointains et inaccessibles : « Taisez-vous et travaillez, on n'est pas là pour discuter ! » D'autres, pires encore, paraissent confondre autorité et autoritarisme, jouant de l'humiliation collective ou individuelle, avec un brin de sadisme.

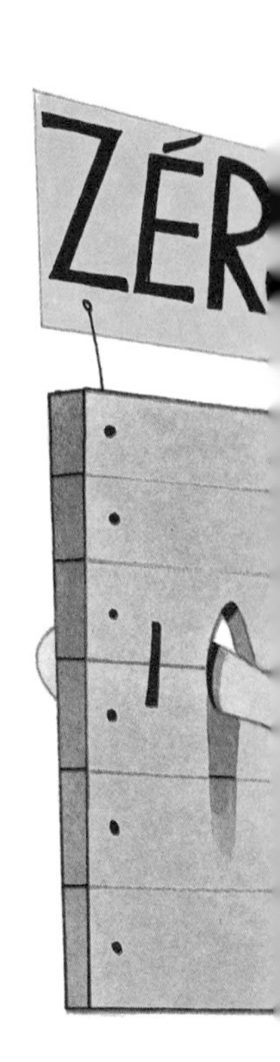

ÉTIQUETÉS COMME AU SUPERMARCHÉ !

L'institution scolaire n'est pas près de changer. Il faut donc faire avec. Puisqu'elle ne raisonne que par contrôles, notes, sanctions et examens, il vous faut vous adapter. Vous verrez que, somme toute, on peut trouver satisfaction à jouer intelligemment à un jeu (même s'il s'agit parfois d'un jeu imbécile).

Mais attention à ne pas prendre pour argent comptant le jugement que l'école porte sur vous! Ce n'est pas parce qu'un professeur d'anglais vous répète que vous êtes nul, que vous l'êtes réellement. Ne mélangez pas tout. Vous êtes simplement nul pour l'apprentissage d'une langue, ou nul à ingurgiter les cours tels que ce professeur-là les dispense. Ce n'est pas la même chose. Vous avez sans doute bien des qualités qu'il n'est absolument pas capable de juger.

Vous l'avez sans doute d'ailleurs remarqué avec certains de vos camarades, catalogués comme cancres : vous qui les connaissez, vous savez que cela ne les empêche pas d'avoir des qualités humaines et d'être des copains formidables.

NE JAMAIS SE DÉCOURAGER

Que l'école juge votre aptitude au travail scolaire, c'est légitime. Mais ne voyez pas là un jugement sur vous-même en tant qu'individu. Ne vous dites pas : « Je ne ferai rien dans la vie parce que mes profs me trouvent nul. » Et rappelez-vous que l'institution scolaire avait aussi considéré Einstein comme débile. Cela rassure…

Si certains professeurs ont parfois vite fait de vous mettre une étiquette sur le dos, n'acceptez pas leurs jugements sans appel. Ne vous dites pas : « Ça ne sert à rien que je travaille, puisque, de toute façon, je suis pas doué. » Faites en sorte de les surprendre. Bûchez à fond un contrôle pour leur montrer que, de temps à autre, vous êtes aussi capable… Sinon le risque est grand d'avoir exactement les mêmes notes de septembre à juin.

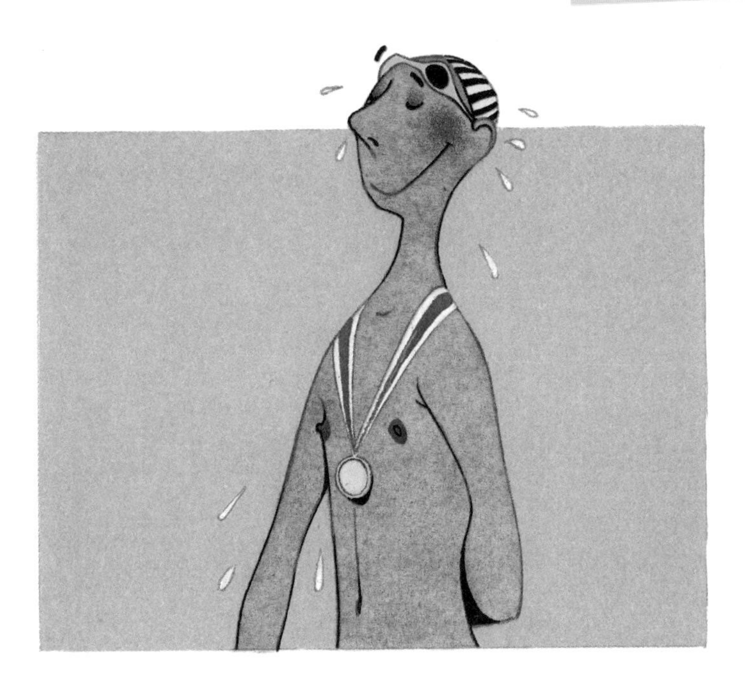

Si vous avez l'impression d'être dépassé, faites-vous aider, demandez à des copains un coup de main, mais surtout, ne cédez jamais au découragement!
La pire des erreurs serait d'accepter les jugements négatifs qu'on porte sur vous, et de les faire vôtres. Si l'on vous dit que vous êtes nul, répondez que ce n'est pas vrai... Et prouvez-le! D'ailleurs, personne n'est réellement nul. Le plus débile des débiles mentaux a souvent des qualités humaines dont manquent parfois bien des énarques!
Et si le lycée ne vous valorise pas, n'hésitez pas à aller vous valoriser hors de ses murs. Ce n'est pas parce que vous avez des résultats déplorables en histoire-géo que vous ne pourrez pas devenir un champion de natation, un peintre de talent ou un habile mécano...

TROP, C

ANORExIE ET BOULIMIE

QUE FAIRE QUAND VRAIMENT, TROP, C'EST TROP ?

APPELER À L'AIDE

EST TROP !

ATTENTION
AUX IMPASSES !

FUGUE
ET SUICIDE

CEUX
QUI ÉCOUTENT
ET CEUX
QUI SOIGNENT

pleurer, me recroqueviller,
ne

UNE VRAIE GALÈRE !

Les coups de blues, les conflits avec les parents sont des phases nécessaires à votre développement. Après les turbulences, l'avion aura certes changé de cap, mais il retrouvera sans aucun doute sa stabilité.

Pour la plupart d'entre vous, la traversée de ces remous se fera d'ailleurs sans trop d'inquiétude. Les années passent, la mue s'opère et tout finit par s'arranger. Vous voilà prêts à entrer dans l'arène du monde adulte! Pour certains même, un naturel peu soucieux, des parents solides et responsables vont faire de ce vol un vol sans histoires. À peine s'il y aura quelques accrochages et un ou deux moments de spleen vite oubliés grâce à l'appui des copains

*us savoir espérer,
est-ce à cela
que ma vie doit se résumer?
Blandine.*

et à l'attention, au soutien, de la famille… Mais pour d'autres, au contraire, un tempérament plus inquiet, des conditions de vie difficiles ou un milieu familial moins à l'écoute vont faire de cette période une vraie galère. Les malaises, les coups de cafard prennent tant de place qu'ils finissent par devenir asphyxiants. Ou bien les conflits leur paraissent si durs qu'ils ont envie de partir loin, très loin, parfois même au-delà de la vie.

C'est à ceux-là que je voudrais m'adresser ici. Que faire quand vraiment, trop, c'est trop? Que faire quand on se sent happé vers le bas par une vague inconnue? Que faire quand on touche le fond sans espoir de retour?

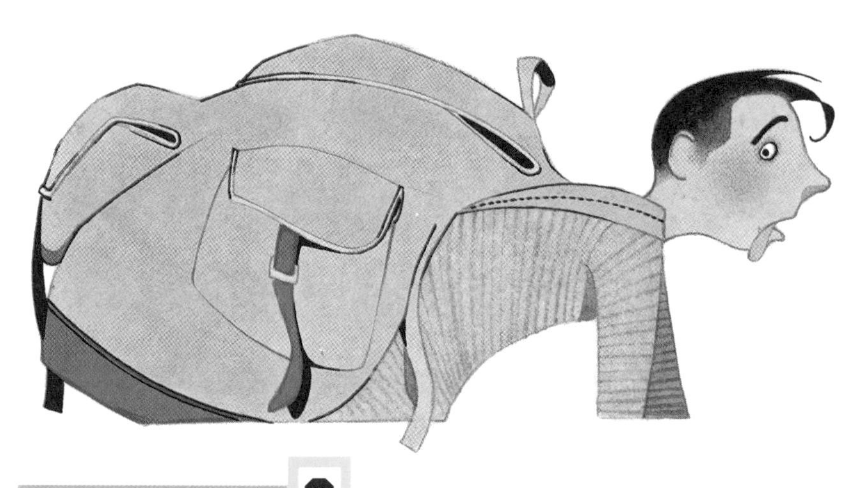

LES IMPASSES

Si l'adolescence se passe généralement plutôt bien, pourquoi se révèle-t-elle pour certains si compliquée, ressemblant en cela à un véritable parcours du combattant?
Tout simplement parce que, si nous sommes tous des êtres différents dans nos apparences physiques, nous le sommes aussi dans nos caractères. Telle scène un peu dure d'un film, qui en laissera beaucoup indifférents, déclenchera chez d'autres une crise de larmes. C'est ce qu'on appelle l'hypersensibilité. Ce n'est ni un défaut ni une maladie. Au contraire, cela permet de ressentir la vie avec plus de force. Les émotions sont alors plus intenses, plus violentes... si violentes même qu'elles vous submergent parfois. Là où certains verraient une petite vague, vous en voyez une énorme. Et le moindre chagrin est plus difficile à surmonter. Avec le temps, vous vous adapterez à votre caractère. Mais, à l'adolescence, période hypersensible par excellence, ça bouscule drôlement!

UN MUR INSURMONTABLE

Pour d'autres, ce n'est pas un problème de caractère, mais de milieu familial. Les murs se dressent face à vous, si solides et si rigides que vous avez l'impression que vous ne pourrez jamais les traverser. Vous baissez les bras, désemparé. Ou bien des parents trop protecteurs vous empêchent d'aller vers la vie. Ils gomment tous les conflits et essaient de ne faire qu'un avec vous. Sans le savoir, ils voudraient vous figer au stade de l'enfance, vous empêcher de grandir, pour vous garder tout à eux. Ils ne vous laissent pas exister en tant qu'individu à part entière. Et parce que vous avez peur de leur faire du mal, vous jouez leur jeu, un jeu morbide et sans issue. Vous êtes empêtré dans une relation qui vous empêche de vivre et qui vous étouffe.

Il peut même arriver que vous soyez pris dans une prison de violence. Vous subissez des sévices sexuels de la part de proches que vous craignez de dénoncer. Dans ce cas, il faut sans hésiter briser les barreaux de cette cage en vous adressant à des organismes qui se sont donné pour tâche de vous aider à vous sortir de cette situation. Mais pour commencer, retenez donc bien ceci : vous n'êtes ni fou ni malade... simplement un peu plus sensible que les autres ou dans une situation familiale plus difficile à résoudre.

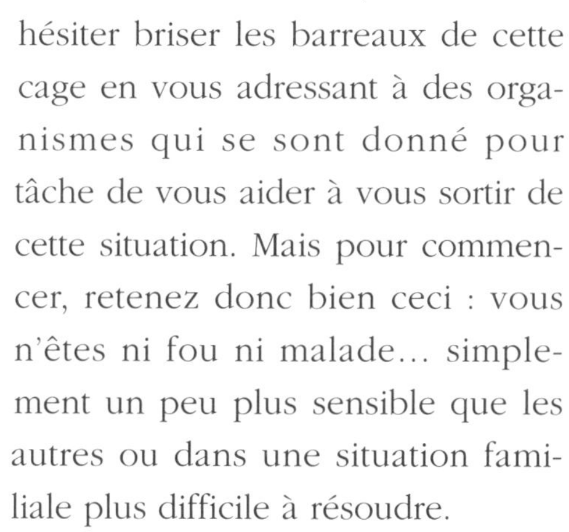

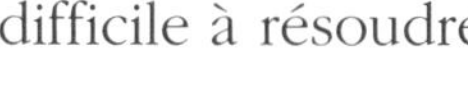

MAIS ALORS QUE FAIRE ?

Que faire quand les malaises de l'adolescence vous rendent le monde invivable? Que faire quand on n'a plus goût à rien? Comment remonter le courant?

l'impasse

Je suis dans une impasse
dont les roches me serrent je
me glace
je m'irrite au moindre bruit
J'ai envie de pleurer
une croûte se forme en moi
Je m'enferme dedans
personne ne vient me sauver
on rit de moi
on se moque
Je crie!
Mais personne ne m'écoute
pourtant j'ai tout pour être
heureuse
mais l'essentiel me manque
l'amour
l'amitié
la confiance
la compréhension
en attendant
Je me recroqueville dans
cette coquille.

Ghislaine

TROUVER LA SORTIE

Le poème de cette collégienne exprime parfaitement ce désir qu'on ressent alors de se replier sur soi. Mais ce repli doit être de courte durée, le temps de s'abandonner à ses émotions, de se laisser aller à la rêverie. Se replier ne doit pas signifier s'enfermer. Ce serait la pire des attitudes. Vous ne devez pas vous laisser manger par la peur au point de faire de votre maison, de votre chambre ou de votre console vidéo un refuge contre le monde!
S'enfermer, se couper du réel pour ne pas avoir à l'affronter ne résout pas les problèmes. D'autant que certains parents, trop heureux de vous garder près d'eux, risquent de vous isoler plus encore.
Il faut au contraire sortir, rencontrer, agir…

On s'enferme souvent par crainte d'un ennemi extérieur alors qu'en réalité l'ennemi est en nous. Il est dans notre peur de grandir. Et si on fait le premier pas vers l'extérieur, on y gagne en force. On sort du tourbillon qui nous aspirait.
Agir reste le meilleur antidote contre le cafard et la solitude. Quand on s'investit dans une activité, celle-ci finit par mobiliser l'esprit au point de chasser de notre tête tous les mauvais nuages qui l'assombrissaient. Certes, au début, il faut souvent se forcer. « Tu viens à la piscine? – Non, j'en ai pas envie! » Eh bien justement, il faut y aller quand même… Et le goût des désirs, le goût des plaisirs finit peu à peu par revenir.

ANOREXIE ET BOULIMIE

Il faut aussi savoir écouter les avertissements du corps. Si vous ressentez une grande fatigue, il ne faut pas la laisser traîner, ne jamais hésiter à consulter un médecin. Peut-être manquez-vous de fer, de calcium ou de magnésium (cela arrive souvent en période de croissance !), et un simple rééquilibrage peut vous changer la vie.

◆ Si vous avez de terribles crises d'angoisse, des peurs irraisonnées qui vous plongent de temps à autre dans un état de panique intense (sensations d'étouffement, boule dans la gorge, cœur qui bat la chamade...), il ne faut pas le cacher comme si c'était une maladie honteuse. C'est une anxiété relativement fréquente à l'adolescence, que les médecins (psychologues et acupuncteurs compris) savent facilement guérir.

◆ De même, si vous perdez l'appétit, c'est un message que vous envoie le corps. Écoutez-le et, encore une fois, n'hésitez pas à consulter un professionnel de la santé. Il arrive parfois chez les jeunes filles, au-delà de quinze-seize ans, une drôle de maladie que l'on appelle l'anorexie. Vous en avez entendu parler. La jeune fille ne mange rien, et pourtant se trouve toujours trop grosse (même quand sa maigreur devient effrayante). Soignée à temps, cette maladie (qui signifie souvent un refus de devenir femme), guérit très bien. En revanche, les médecins restent souvent démunis lorsque cette maladie a traîné trop longtemps sans que rien ait été entrepris pour la soigner.

◆ La boulimie, qui est la tendance à ingurgiter d'énormes quantités de nourriture en un temps record (et sous n'importe quelle forme : confitures, raviolis ou pâtes froides...), nécessite aussi un traitement lorsqu'elle tourne à l'obsession. Mais ne vous croyez pas boulimique parce que vous avez, de temps à autre, des fringales qui vous font plier une tablette de chocolat en deux temps trois mouvements. Ce n'est pas la même chose!

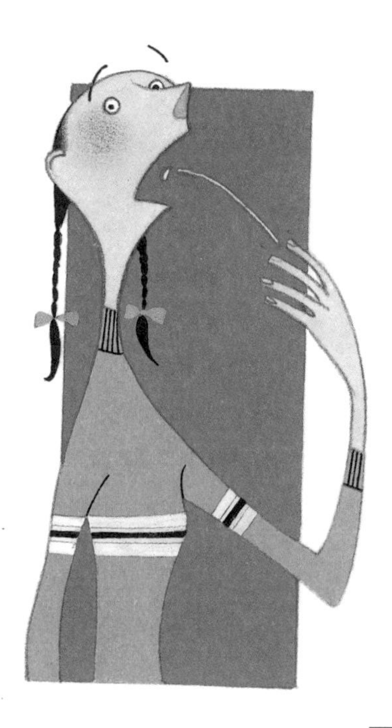

FUIR

Parfois, certains sont si désemparés dans leur détresse qu'ils ne voient pour s'en sortir que la solution de fuite. Quand tout dialogue avec les parents est devenu impossible, c'est la fugue, qui touche près de cent mille adolescents par an en France.

J'en avais marre de ma mère qui passe son temps à déprimer et à chialer… et de mon père qui ne sait que gueuler. J'ai seize ans ; j'ai besoin de personne. Alors je me suis tiré !, écrit Gilles, un lycéen.

Mais quand on est dans la rue, il y a des risques. Pour trouver de l'argent, le jeune fugueur peut se voir contraint à voler et parfois même à se prostituer ou à dealer. Ce sera alors la fuite en compagnie d'une autre marchande d'illusions : la drogue.

Dans leur désir de fuir, loin des soucis et loin de tout, certains peuvent même envisager la mort comme une solution. Quel adolescent n'a pas eu, un jour ou l'autre, des idées suicidaires? Qui n'a pas imaginé, en un tableau aussi pathétique que romantique, la foule des proches en pleurs à son enterrement? Mais le suicide doit rester du domaine de l'imaginaire. Passer à l'acte, se foutre en l'air pour de vrai est la pire des défaites. La vraie mort n'a rien à voir avec celle des acteurs, qui meurent le temps d'un film et en tournent un autre trois mois plus tard. Ce n'est pas une mort de cinéma. Elle mène inéluctablement au fond d'un trou six pieds sous terre!

Avant de faire le geste, il y a toujours un ultime recours : demander de l'aide, appeler au secours. Si on n'est plus capable de s'en sortir tout seul, d'autres adultes que vos parents peuvent vous aider. Avec l'aide de professionnels de la santé, tous les tunnels ont leur sortie, toutes les cicatrices peuvent un jour se refermer, même celles qui vous paraissent inguérissables.

DES MAINS TENDUES

Dans l'enceinte même du collège ou du lycée, il existe de nombreuses personnes qui peuvent vous aider. Un professeur qui vous aime bien, un pion avec qui vous avez sympathisé peuvent écouter vos problèmes. Le conseiller d'éducation est même là pour ça. Vous ne le dérangerez pas en allant frapper à sa porte pour un problème personnel ou familial. Cette fonction d'écoute et d'aide entre dans le cadre de ses activités professionnelles. Et vous serez sans doute très surpris quand il vous dira qu'il reçoit des dizaines d'enfants dans votre cas tous les mois. L'infirmière du lycée est aussi là pour vous écouter et pourra vous orienter vers un psychologue si elle le juge nécessaire. Par bonheur, il est bien fini le temps où l'on se croyait bon pour l'asile si on consultait un psy. Car, dans certains cas, l'oreille complaisante d'un ami, d'un parent ou d'un

enseignant attentif ne peut suffire. Seuls les psychologues sont capables de résoudre de graves conflits intérieurs. Ils disposent de temps (bien plus que votre médecin de famille) et sont formés à votre écoute. Je pense notamment aux adolescents qui se dévalorisent en permanence, se jugent nuls et indignes de vivre. Ils sont en proie à une forte culpabilité vis-à-vis de leurs parents (certains se croient responsables de leur mésentente ou même de les avoir fait divorcer…), que seul un psy pourra soigner. Le métier de ces professionnels de la santé est de débloquer des situations psychologiques. Ils peuvent aussi servir de médiateurs dans le conflit qui vous oppose à vos parents. Et si votre problème vous paraît un sac de nœuds inextricables, sachez qu'il paraîtra sans doute à votre psychologue un « cas » malheureusement bien banal.

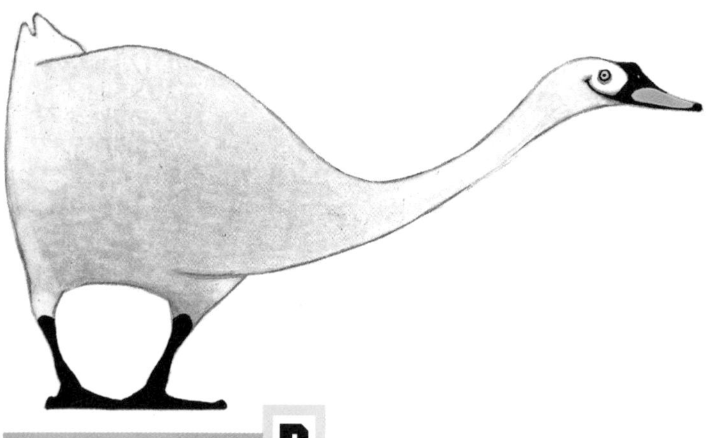

SUR LE FIL DU RASOIR

Bien des adultes que vous avez autour de vous et qui vous paraissent tout à fait épanouis sont passés par ces périodes terribles de doute de soi. Eux aussi ont cru qu'ils ne s'en sortiraient jamais, eux aussi ont imaginé les solutions extrêmes de la fugue et du suicide, mais ils ont réussi à sortir du tourbillon qui les aspirait et à reprendre pied.

Ce fut leur première victoire sur les difficultés de la vie, et ils y ont gagné en force et en confiance, tout étonnés des ressources qu'ils se sont découvertes et qu'ils ne soupçonnaient pas. Ces premiers remous les ont vaccinés pour de bon, les ont préparés à affronter tout ce que la vie d'adulte peut réserver de surprises. Comme eux, dans quelques années, lorsque les turbulences seront passées, vous jetterez un regard ému sur cette époque. Peut-être même regretterez-vous avec nostalgie cette période sur le fil du rasoir où la vie est si pleine qu'elle semble parfois prête à exploser...

Cet âge où
on a au fond des yeux
autant de noir que de bleu
autant de joie que de tristesse
autant d'espoir
que de détresse.

Virginie.

◆ **Adresses utiles**

Association française de sauvegarde de l'enfance et de l'adolescence

28, place Saint-Georges, 75442 Paris Cedex 09.
Tél. : (1) 48. 78. 13. 73 (aide les jeunes en difficulté et leurs familles, assure un service de documentation).

Comité français pour l'adolescence

33, rue de la Chapelle, 75018 Paris. Tél. : (1) 42. 09. 99. 18.

Allô enfance maltraitée

Tél. : 05. 05. 41. 41 (appel gratuit).
24 heures sur 24 (écoute, assistance, information).

◆ **Des livres à lire...**

Dolto (Françoise), *Paroles pour adolescents, ou le complexe du homard*, Éd. Hatier, 1989.
Spitz (Christian), *Questions d'adolescents*, collection « Points Seuil », Le Seuil, 1995.
Poèmes d'adolescents, Pédagogie Freinet, Éditions Casterman, 1974.
Adolescences en poésie, présenté par C. Poslaniec, Éditions Gallimard, 1982.
Je voudrais crier (textes de lycéens), Éditions Syros, 1992.
Piquemal (Michel), *Paroles d'espoir*, Éditions Albin Michel, 1995.

Crédits littéraires
P. 61 : Héla, sixième A, citée in BT2 n° 262 Pédagogie Freinet, *Adolescence et violence*; p. 69 : Nelly, extrait de *Adolescences en poésie*, Éditions Gallimard, 1982; p. 91 : Blandine, citée in BT2 n° 160; p. 94 : Ghislaine; quatrième, citée in *Poèmes d'adolescents*, Pédagogie Freinet, Éd. Casterman, 1974; p. 103 : Virginie, citée in *À moi*, Éd. Scarabée, 1983.